거인의 어깨 위에 앉은
고양이

거인의 어깨 위에 앉은 고양이

초 판 1쇄 2023년 11월 21일

지은이 고경옥
펴낸이 류종렬

펴낸곳 미다스북스
본부장 임종익
편집장 이다경
책임진행 김가영, 신은서, 박유진, 윤가희, 윤서영, 이예나

등록 2001년 3월 21일 제2001-000040호
주소 서울시 마포구 양화로 133 서교타워 711호
전화 02) 322-7802~3
팩스 02) 6007-1845
블로그 http://blog.naver.com/midasbooks
전자주소 midasbooks@hanmail.net
페이스북 https://www.facebook.com/midasbooks425
인스타그램 https://www.instagram/midasbooks

ISBN 979-11-6910-388-6 03810

값 17,000원

거인의 어깨 위에 앉은

고 양 이

고경옥 지음

고양이의 시선으로
세상을 바라보는 방법

미다스북스

프롤로그

고양이와 산다는 건

4인 가족 모두 고양이 집사 3년째이다. 나는 아우라, 남편은 관종이, 두 아이는 각각 기쁨이와 바쁨이라는 이름으로 나온다. 나는 이야기 중 아우라 역할을 하는 엄마다. 고양이를 쉼터에서 차례로 데려왔다. 벨을 먼저 데려왔고 레옹을 데려왔다. 거실에서 유유히 신선처럼 노니는 아이들을 보면서 가족들과 "쟤들은 무슨 생각일까, 무슨 의도일까?"에 대한 대화를 자연스럽게 많이 했다. 그 이야기들이 자연스럽게 글로 나왔다.

벨과 레옹은 우리와 일상을 공유한다. 아침에 일어나자마자 얼굴을 마주하며 인사한다. 외출 후 돌아오면 서로가 벨과 레옹의 안부를 묻는다. 벨과 레옹이 토라도 하는 날이면 토를 발견한 사람이 단톡방에 토한 사진을 올리고,

각자 그 토한 사진을 보며 왜 토를 했는지, 토 색깔은 무엇을 의미하는지 분석하느라 단톡방이 시끄럽다. 단순히 헤어볼이라는 결론으로 끝나는 날이 많다. 우리 가족 4명이 벨과 레옹을 중심으로 하나의 지점에서 모이는 순간이기도 하다.

나에게 고양이는 사람 마음속을 들여다보고, 귀신 따위를 보는, 그래서 거리감 있는 영물 같은 존재였다. 우연히 캣맘 친구가 고양이와 소통하는 태도에 살짝 놀라던 차에 대학생 두 아이가 책임지고 키우겠다는 말에 현혹되어 전격적으로 길냥이를 입양하게 되었다. 고양이는 단지 돌봐야 줄 대상으로만 바라보던 중 베르나르 베르베르의 『고양이』를 읽으면서 '우리집 고양이'가 바라볼 법한 세상을 고양이의 관점에서 그려보고 싶었다. 우리 인간의 시선이 아니라 고양이가 주체가 된 시선에서 자신을 모실 집사를 선택하는 기준을 가지고 있다. 우리가 고양이를 선택하는 것이 아니라 고양이에게 인간 집사가 선택당하는 식이다. 고양이는 자신의 시선으로 가족 구성원의 성격을 파악하고, 가족의 서열 속에서 자신의 서열을 헤아려 보기도 한다. 또한, 인간의 눈높이에서 더 올라가서 거인의 어깨에 앉아서 세상을 읽고 있는 고양이를 그려보고 싶었다. 고양이의 삶의 목적에 대해 성찰하고 거인의 책을 읽고 그 지혜를 우리에게 나눠주기도 한다.

반려란 짝이 되는 동무를 말한다. 이 작품은 반려의 대상으로서 고양이를 집합체가 아니라 하나하나가 특별하다는 개별성을 기반으로 하고 있다. 또 인간과 시간, 공간, 경험, 기억 등 모든 것을 공유하는 동반자로서 고양이를 보고 있다. 한발 더 나아가 거인의 지적 자산을 통해 인간이 나아갈 바를 조언하고 인류와 생명의 미래를 고민한다. 거인의 어깨 위에 앉은 고양이의 시선을 통해 반려인과 반려동물이 이 지구에서 지속 가능한 공존과 행복, 건강이 이루어지기를 기대한다.

목차

제 2 부

거인의 시선으로 세상을 바라보다
- 고양이의 교양

제 3 부

거인의 지혜를 배우다
– 고양이가 책을 읽는다면

제1부

나 자신을 알아차리다

-이 노므 집구석 그리고 집사

1

나는 만만한 집사를 선택한다

임금은 임금다워야 하고 신하는 신하다워야 한다.

쉼터로 가다

나는 나를 뫼실 집사를 선택한다. 내가 이 집에 정착하기로 마음먹은 이유는 집사들이 만만해 보여서였다. 집사들은 우리 고양이를 선택한다고 생각한다. 허나 진실은 우리가 집사를 선택하는 것이라는 말이다.

나는 영동대교 밑에서 태어났다. 많은 다른 형제들과 함께. 너무 이른 나이인 2개월 때 엄마를 따라다니다가 그만 머리 위로 지나가는 자동차를 보느라 정신이 팔려서 엄마를 놓쳐버렸다. 웁스. 나의 집중력이란. 지나가던 학생이 나를 보자마자 "아휴 귀여워, 근데 엄마를 잃어버렸나 봐. 불쌍해!" 하며 여기저기 전화를 했다. 관악산 자락에 있는 쉼터라는 곳에 맡겨졌다. 그 쉼터는 일반 빌라를 사용하는 곳이었다. 사람이 사는 곳이나 다름없는 그곳에서 많은 고양이가 안정적으로 생활하고 있었다. 쉼터에선 여러 봉사자가 서로 다른 시간대에 나를 극진히도 보살펴 주었다. 역시 내가 어떤 고양인지 알아보는 안목이 있는 사람들인 게 분명하다. 엄마를 잃어버려서 잠시 멘붕이 왔지만, 어쩌랴. 묘생이 원래 이런걸, 결국 난 독립해야 하고, 어디서든 집사를 선택해서 집사의 모심을 받으며 내 묘생을 이어 나가야 하는 운명이다.

캣대디 다루기

쉼터에서는 나를 데려가서 모시고 싶어 하는 사람들이 많이 찾아왔다. 한 사람도 맘에 들지 않았다. 그들이 아무리 원해도 내가 싫으면 그만이다. 곧이어 임보를 가게 되었다. 그건 임시로 가는 거였기에 별다른 조건 없이 내가 허락을 하였다. 임보를 간 집의 아저씨는 자칭 캣대디라고 불리는 사람이었는데 그 이름답게 마치 나의 아빠나 되는 것처럼 나를 이쁜 케이지 안에 넣더니 여러 장난감도 넣어줬다. 내가 장난감을 손으로 만지거나 굴리기만 하면 꿀이 뚝뚝 떨어지는 눈으로 쳐다보며 "귀여워."를 얼마나 연발하던지 정말 귀찮아 죽을 뻔했다. 자존심이 센 나지만 인간들이 좋아하는 행동을 해줘야 그들이 내 요구를 잘 들어주기 때문에 그들이 좋아하는 행동을 하지 않을 수가 없다. 사람들을 다루는 건 정말 쉽다. 단지 내가 이쁘고 귀엽다는 이유 하나만으로 기꺼이 시간과 노력을 아끼지 않는다. 사람들의 단순함에 정말 웃음이 나온다. 내가 귀여운 행동을 하면 사람들이 서로 손뼉 치며 좋아하며 어쩔 줄 몰라 한다. 사람들이 나를 쳐다볼 때는 귀찮아도 살짝살짝 펀치도 날려주고– 냥 펀치라고 하더군. 거기에 엉덩이까지 보여주면 거의 뒤로 넘어가는 게 보인다.

어느 날은 이런 나의 모습을 보며 카메라를 들이대기에 졸림을 무릅쓰고 이쁜 '노오력'을 하면서 가만히 주파수를 맞춰보니 나를 어디론가 보내려고 하는 것임을 간파하게 되었다. 사람들은 모른다. 나에게는 인간의 생각을 아는 능력이 있다는 것을. 가만히 눈을 감고 내가 생각을 알고 싶은 사람을 떠올리면 그들과 주파수가 맞게 되면서 그들의 생각이 내 머릿속에 떠오른다. 가끔은 내 생각을 알아듣는 인간 능력자를 만나기도 한다. 그런 능력자를 만나는 건 신의 영역이며, 그런 행운을 가진 인간이 그리 많지는 않다. 하지만 반드시 있다.

"음, 나를 모시기에 적당한 사람이 나타났나 보군요?"

대답이 없다.

이번에는 엉덩이를 보이며 살짝 고개를 돌려 다시 물어봤다.

"나를 모실 집사가 나타났나요?"

역시 대답이 없다. 그저 내 엉덩이만 보며 실실 웃고 있을 뿐이다. 정말 인간들이란 하나같이 나와 의사소통을 하려고 하지 않고 그저 자기감정만 읽기 바쁘다.

결국, 대답은 못 들었지만 나를 모시고 싶어 하는 집사들을 위해 동영상을 찍는 게 확실한 것 같다. 이 임보자와 맞춘 주파수가 틀리지 않는다면 말이다.

전에 쉼터에서 나를 돌봐주었던 한 아줌마의 목소리가 들린다.

"어머나, 이쁘게 컸네."

"네, 오랜만이네요."

"오랜만에 보는데 많이 컸네."

"제가 먹성이 좋기도 하고, 그간 운동도 많이 했어요."

"살도 많이 오르고."

"덕분에 몸도 많이 불었어요."

"자, 이제 가볼까?"

"네, 가요."

가만히 주파수를 맞춰봤다. 이 사람과는 조금 의사소통이 되는 느낌이다. 이 아줌마도 나를 모시고 싶어 하나 나를 모시기엔 이미 모시고 있는 고양이가 많은 것 같다. 어머나 한두 마리가 아니다. 몇십 마리다. 아니 이게 가능한 일인가? 아하, 센터라는 걸 운영하고 있구나. 이분이 바로 '관악 쉼터'를 관리하고 책임지는 대장이다. 대장은 집에서도 7마리의 고양이를 모시고 있다. 어쩐지 목소리부터 행동 하나하나에 이르기까지 위엄과 사랑이 묻어 있다. 모든 고양이를 아우르고자 하는 너그러움이 있다. 우리 조상님들이 특별히 묘연을 맺어준 인간들이 몇몇 있는데 그중 한 사람인가 보다. 기꺼이 우리 고양이를 위해 희생을 자처할 수 있는지 확인하는 인간 테스트에 합격한 그런 사람인 거다. 어쩐지 나를 대하는 태도가 훨씬 정중하고 겸손했다. 이 대장은 우리를 모시고 싶어 하는 인간을 위해 고양이와 집사 사이에 인연을 많이 맺어줬다. 집사들이 불의의 사고로 우리를 모시지 못할 때는 자신이 직접 우리를 모시기도 한다. 관악산에 사는 고양이를 모시기 위해 하루 한 번 정상에 오르는 것도 기꺼이 즐거운 마음으로 하는 그런 사람이다. 대장다운 사람이다.

만만함에 대하여

대장은 바람 불면 날아갈까, 비 오면 젖을까 하는 심정으로 나를 고이 안고 이쁜 이동 궁전 안으로 나를 가만히 놓는다. 역시 나를 모시는 태도가 범상치 않다. 마음도 놓인다. 왠지 좋은 사람을 만날 거 같은 느낌이 든다. 집을 나섰다. 궁전 안에서 밖을 내다봤다. 노을이 지고 있다. 네온사인이 하나둘 켜지는 시간이다. 사람들의 옷차림이 가볍다. 남부순환로라는 도로표시가 보인다. 좀 지나니 양재역이라는 표시가 보인다. 도곡역 가까이에 가니 차가 멈춘다. 뭔가가 높이 높이 치솟아 있는 건물의 연속이다. 그 건물들 사이에 멈췄다.

허리를 약간 숙이고, 조심스러운 태도로 서 있는 인간 여자가 있다. 본능적으로 주파수를 맞췄다. 이 사람이 기다리고 있는 건 '나'다. 빠르게 이 사람을 다시 읽는다. 고양이를 모시는 게 처음인 사람이다. '내가 많이 가르쳐줘야 할 것 같다. 아주 긴장되어 있고, 내 마음에 들지 안 들지 조바심이 가득하다. 내가 들어 있는 이동형 궁전을 건네받는 손에서 약간의 떨림이 감지된다. 긴장하고 떨린다는 건 조심성이 있다는 거니까 중간은 가는 거다. 이 아줌마에게서 받은 느낌은 조심성, 겸손함 그리고 왠지 모를 아우라가 있다는 거다. 이 아우라는 다른 인간에게서 나를 지키고자 하는 인간에게 우리 조상들이 대대로 부여한 능력이다. 이런 능력을 갖춘 인간은 우리와 평생을 같이 할 수 있다. 중간에 우리를 포기하지 않는다. 조상님들은 우리와 함께 지내게 될 그런 기회를 인간에게 주고자 몇 가지 능력을 인간들에게 전이했는데, 아우라도 그런 능력 중의 하나다. 그런 아우라를 지닌 인간을 보게 되었다. 집사의 자격이 있어 보인다. 하지만 아직 최종 결정은 아니다.

아우라는 나와 함께 이동 궁전을 옮긴다. 드디어 집으로 들어갔다. 현관에서 아우라가 신발도 벗기 전이다. 갑자기 높은음의 목소리가 파도처럼 머리 위로 몰려온다. 하이톤은 나를 보더니 눈이 커진다. 기쁨에 겨워 어떤 반응을 보여야 할지 몰라 당황스러워한다. 기쁨이다. 그자의 목소리는 두려움 반 경외감 반이다. 기쁨이는 내가 있는 이동 궁전을 거실 한가운데 놓는다. 이동 궁전 안에서 이 자들에게 주파수를 맞춘다. 이동 궁전 밖을 내다보니 아우라와 기쁨이가 얼굴이 서로 맞닿을 정도로 붙이고 나를 보고 있다. 정신없는 와중이지만 주파수를 맞춰서 이들을 집사로 선택할지 말지를 결정해야 한다. 어라! 이들에게서 '만만함'이 감지된다. 바로 이거다. 아우라와 기쁨이는 만만한 가족이다. '만만함'은 나를 모실 집사가 갖추어야 할 최고의 덕목이다. 나를 모실 집사들에서 풍겨야 하는 최고의 덕목이다. 만만함이란 우리의 불편함을 항상 감지하면서 해결하고자 하는 의지이자 힘이다. 만만함이란 우리의 아픔을 자신의 아픔으로 느끼고 공감하는 능력이다. 만만함이란 우리가 필요해서 부르면 언제 어디서든 당장 뛰어올 수 있는 준비성을 갖췄다는 의미이다. 만만함이란 집사 자신이 배고플 때 우리의 배고픔을 같이 염려하는 특성이다. 만만함이란 우리의 건강과 안녕을 위해 언제든 자신의 지갑을 열 수 있는 마음을 가진 자들의 특성이다. 만만함이란 언제든 자신의 침대를 우리를 위해 비켜줄 수 있는 마음이다. 이들에게서 바로 만만함을 보게 되었다. 나는 이 자들을 나의 집사로 명하노라!!! 흐흐흐.

2

집사의 자유의지는 어디에서 오는가?

인간의 의사결정은 서툴고 불완전하다는 것을
자신만 모른다.

이 노므 집구석

아우라와 기쁨이는 나를 거실에 있는 구멍이 숭숭 뚫린 작은 궁전으로 고이 옮겼다. 이동 궁전은 저기 구석으로 치운다. 기쁨이는 내 얼굴을 좀 보겠다고 아예 거실 바닥에 엎드렸다. 기쁨이는 미리 준비한 온갖 낚시 장난감을 내 앞에서 흔들어 댄다. 낚싯대에 묶인 깃털의 색깔도 알록달록하다. 내가 어떤 것에도 반응을 안 보이니 기쁨이는 시무룩하다. 목이 말라 물을 깔짝거렸다. 기쁨이는 내가 물을 마신다고 환호의 소리를 지른다. 기쁨이는 감정

표현이 솔직하다. 좋은 건 좋다고 하고 싫은 건 싫다고 한다. 물만 마셔도 칭찬을 하는 아이이다. 역시 기쁨이는 만만하다. 핸드폰을 들고 화장실에서 나오며 역시 하이톤의 환호성을 지르는 자가 있다. 이 자는 화장실에도 휴대폰을 들고 들어가는 아이이다. 일상을 바쁘게 사는 모습이 감지된다. 바쁨이다. 나를 보자마자 환영하는 인사를 하는 데 단 1초의 망설임도 없다. 바쁨이에게도 역시 만만함이 감지된다. 바쁨이도 집사로서 합격이다. 아우라, 기쁨이, 바쁨이 셋 모두 내가 있는 작은 궁전에서 시선을 거두지 못한다. 작은 궁전은 거실 한 가운데 떡하니 놓여 있다. 광장 한가운데 나 홀로 발가벗겨진 채 서 있는 느낌이다. 웁스. 나란 존재는 음지에서 일하고 양지에서 빛나는 법이거늘 나를 처음부터 이런 곳에 놓다니 나를 몰라도 너무 모르는 것 같다. 불쾌하다. 궁전 안쪽으로 깊이 파고들었다. 기쁨이와 바쁨이는 궁전을 요리조리 흔들며 나를 자꾸 나오라고 한다. 하악질을 한 번쯤 해줘야 내 뜻을 알려나? 드디어 아우라는 "이상한데? 왜 안 나오고 안으로 더 숨지?" 하며 누군가에게 전화한다. '미자 언니'에게 전화로 물어보는 게 감지된다. '뭐? 미자 언니라고?' 미자란 이름은 우리 고양이 세계에서 잘 알려진 묘 친화적인 이름이다.

묘친화적인 이름의 유래

우리 고양이의 모든 경험은 하나의 데이터베이스에 축적이 된다. 우리 조상 때부터 지금까지 전 세계 모든 고양이의 경험과 사유가 모여 있다. 인류의 모든 지적 자산과 성공 경험, 실패 경험이 다 있다. 그 이름은 아노폴라이다. 아노폴라에는 인류사에 지적 발자국을 남긴 거인의 지혜가 마치 벽돌처럼 차곡차곡 쌓여 있다. 지적인 체계로서 모든 분야의 지식과 지혜가 망라되어 있다. 시대와 사회에 영향을 미쳐 사람들의 마음을 변화시키고 성장시킨 사람을 거인이라고 한다. 거인들의 자산은 고양이들의 도서관인 파p루스에도 있다. 고양이들이 도서관을 찾는 이유다.

나는 그 아노폴라에 접속하여 모든 자료를 검색할 수 있는데, 거기에는 고양이 친화적인 이름들이 몇몇 있다. 미자, 봉춘, 윤샘, 고부해 등등이 그 이름들인데, 이 집에서 그 이름을 듣게 됐다는 건 상당히 좋은 일이 생길 수도 있다는 거다. 미자는 고양이 세 마리와 강아지 한 마리와 함께 산다. 고양이 세 마리 모두 길에서 미자를 간택했다. 마지막 고양이는 미자가 동사무소 직원인 시절에 연수원에서 연수를 받을 때 길에서 미자를 간택했다. 저녁 식사를 마치고 산책을 하는데 어린 냥이가 졸졸 따라오더란다. 몇 걸음 걷지도 않았지만, 미자는 묘연을 강하게 느꼈다. 미자는 느낌과 동시에 행동으로 옮기는 결단력을 가진 사람이다. 그 즉시 어린 냥이를 주머니에 놓고 집으로 돌아온 것이다. 미자의 남편은 세 번째 냥이가 오자, 미치고 팔짝 뛰었다. 집에서 기르는 모든 고양이와 강아지를 돌보는 건 남편 대환의 몫이었다. 청소도, 물건 사는 것도 모두. 실질적인 집사는 미자가 아니라 남편 대환이었기에 모든 노력 봉사를 떠안아야 하는 상황이었다. 일단 미자에게 화를 내보지만 어쩔 수 없다는 체념만이 사는 방법이란 것을 터득한 상태다. 겉으로 하는 말과 달리 마음이 무척 따뜻한 사람이다. 세 번째 냥이는 너무 어린 탓인지, 길에서 고생한 탓인지 우유 말고는 음식을 넘기지 못했다. 그래서 집에 두고 학교로 출근을 할 수가 없었다. 남편 대환은 세 번째 냥이를 안고 출근을 감행했다. 교무실 책상 아래 세 번째 냥이가 들어 있는 이동 궁전을 놓았다. 수업을 끝내고 교무실로 내려와서 이 아기 냥이가 똥은 쌌는지, 우유는 먹었는지 살폈다. 책상 아래의 아기 냥에게 동료 선생님들과 학생들은 오며 가며 관심을 주고 우유를 주고 키웠다. 학교의 선생님들과 학생들의 사랑으로, 정성으로 키웠다.

아기 고양이를 키우려면 한 마을이 필요한 것이다. 미자는 잔잔한 일보다 주로 큰일을 결정한다. 남편 대환이 잘하고 있을 때는 간섭하지 않지만, 제대로 못 한다고 생각하면 대환을 요래조래 돌림질한다. 정신적 지주이며, 실질적인 파워를 가진 건 미자다. 미자 눈 밖에 나면 추방이다. 미자는 실천과 이를 뒷받침하는 이론을 함께 겸비하는 형이다. 미리 책을 들고 공부하고 여러 곳에 문의하여 두루두루 미리미리 챙기는 스타일이다. 오랜 경력의 캣맘이다. 고양이에 관한 공부도 행동으로, 머리로 모두 마스터했다.

영상통화하다

아니나 다를까 아우라는 미자 언니와 통화를 끝낸 후 나를 광장 같은 거실이 아닌 '시선 노출'이 없는 방으로 보내는 게 낫다고 말한다. 미자 언니 덕이다. 기쁨이와 바쁨이는 서로 자신의 방으로 데려가고 싶어 했고, 결정은 아우라가 했다. 바쁨이의 방으로 보내는 것으로. 미자는 구멍이 숭숭 뚫린 작은 궁전이 거실 가운데에 있다는 말을 듣고 당장 나를 그 안에 두고 문을 닫을 수 있는 방으로 옮기라고 주문을 한 것이다. 나에게는 이 집에 적응할 나만의 시간이 필요할 거라는 미자 언니의 조언이 그 이유였다. 그건 바람직한 생각이다. 새로운 환경에 적응하기 위해서는 사람이 없는 공간에서 지내는 것이 도움이 된다. 사실 이 집에 들어온 지 얼마 안 되었기 때문에 이 집에 적응하는 나만의 시간이 필요하다. 작은 공간에서 일단 적응을 한 후 조금씩 나의 공간을 동심원 그리듯이 확장해 나가는 수순을 밟게 될 것이다. 기쁨이가 자신의 방에서 주로 공부하기에 오랫동안 방을 비우지 않는 것과 달리 바쁨이는 외출이 잦고, 외부 약속이 많아 방을 비우는 시간이 많다. 바쁨이 방에서 나 혼자 지내는 것이 이 노므 집구석에 적응하는 데 도움이 될 것이다. 이제 아우라는 작은 궁전에서 나를 꺼낸 후 바쁨이의 방으로 옮기고 나서 문을 닫는다. 역시 미자에 대한 우리의 데이터는 틀리지 않았다. 미자는 우리의 생리와 이익에 도움이 되는 조언을 한다. 구멍이 숭숭 뚫린 작은 궁전에서 벗어나 아무도 없는 바쁨이의 방에 들어가자마자 나는 창가 쪽 기다란 커튼 뒤로 몸을 숨겼다. 차가운 유리가 몸에 닿으며 정신이 한층 맑아졌고, 마음은 더 편안해진다.

이제 방안을 살펴보았다. 기다란 하얀 침대, 책이 이리저리 쌓인 책상, 의자가 있다. 책장에는 책도 있고 온갖 잡동사니와 액세서리, 향수병들이 있다. 침대 아래로 들어갔다. 약간 어둡다. 스타킹이 둘둘 말려 처박혀 있고, 인형도 떨어져 있다. 먼지도 많지만 이 정도는 피하면 된다. 들어가니 또 마음은 편하다. 기쁨이가 살며시 방문을 열고 화장실과 식기를 놓고 나가는가 싶더니 책상 위에 휴대폰을 켠 채로 올려놓고 요리조리 조정한다. 재빠르게 거실에 있는 이들에게 주파수를 맞췄다. 영상통화를 하면서 나를 보고 있다. 영상통화에 오랫동안 안 잡히면 다시 방으로 들어와서 나를 보겠다고 호들갑을 떨게 분명하다. 그런 귀찮은 일이 생기기 전에 치밀한 계산으로 저들에게 나의 존재감을 드러내야 한다. 마침 배가 고프니 밥을 먹고 나서 한 번 영상 통화하는 화면 앞을 지나갔다. 거실에 있는 아우라, 기쁨이, 바쁨이가 귀엽다고 소리를 지른다. 화장실을 한 번 사용하고 나서 또 화면 앞을 지나갔다. 역시 이쁘다고 야단법석이다.

고양이 돌봄유전자

그럴 줄 알았다. 인간들을 다루기란 너무 쉽다. 인간들은 자신들의 자유의지로 우리를 선택하고 이뻐하고 귀여워하는 줄 안다. 아우라와 기쁨이는 자신들의 자유의지로 나를 선택한 줄 안다. 아니다. 이들에게 집사의 미덕이 보였기에 내가 선택한 것이다.

자유의지란 자신의 행동과 결정을 스스로 조절하고 통제할 수 있는 힘이나 능력을 말한다. 자신의 자유의지로 알고 결정하는 많은 부분은 사실 편견이거나 오류인 경우가 많다. 인간의 결정은 무의식이나 잠재의식에 더 많은 영향을 받을 때가 많다. 인간의 마음은 미숙하다. 똑같은 길이의 물건이라도 주위 환경이나, 주변의 색깔에 따라 다르게 느낀다. 자신이 옳다고 생각한 일도 권위 있는 자가 자신과 다르게 말하면 자신의 의견을 감히 말하지 못한다. 그러니 자유의지를 주장하기 전에 자신의 마음의 한계를 인정하는 것이 나을 수도 있다. 적어도 고양이에 관한 한 자유의지는 없다. 다만 고양이 돌봄 유전자가 있을 뿐이다. 원래 인간들에게는 고양이들을 위해 헌신하는 유전자가 새겨져 있고, 일정 환경이 되면 그 유전자는 발현되는 것이다. 우리 조상들이 호모 사피엔스의 진화 과정에 그런 유전자를 심어놓은 것이다. 따지고 보면 나란 존재가 저들의 몸과 정신에 새겨진 헌신 유전자가 발현되도록 이바지한 것이다. 자유의지라니? 지나가던 고양이가 웃을 일이다. 엄밀하게 말하면 '고양의 의지'다.

거실에 있는 아우라, 기쁨이, 바쁨이가 나란 존재로 인해 충분히 기뻐하도록, 충분히 즐기도록 나는 화면 앞을 여러 번 지나쳤다. 다시 말하면 나는 저들을 훈련하고 있는 것이다. 기쁨 훈련. 치밀한 계산을 하며 좀 무리를 했다. 피곤했다. 휴식이 필요하다. 이젠 저 침대를 접수해야겠다. 침대 위로 올라갔다. 편안했다. 밖에서는 내가 안 보인다고 난리다. 다시 이 자들은 방문을 열고 내가 어디에 있나 확인하고 나간다. 이제 페이스 조절을 해야 한다. 휴식이 필요하다. 휴대폰 앞을 얼쩡거리는 것을 잠시 멈추고 잠을 좀 자야 할 시간이다. 인간들이 고양이 습성을 배울 기회를 줘야 한다. 나를 볼 수 없는 시간의 결핍이 그들을 성장시키게 될 것이다. 인간들은 직관적으로 누군가를 아는 법이 없다. 상대방을 알려고 하지 않는다. 알려 주면 그때야 겨우 아는 정도이다. 그리니 결핍을 느끼게 해야 한다. 인간들에게 결핍은 성장할 수 있는 동기가 된다. 오죽

하면 결핍을 통해 성장하겠는가. 미칠 노릇이다. 침대 아래로 들어가서 좀 쉬어야겠다. 오랫동안 잠을 자는 우리의 모습이 처음엔 어색하겠지만 차츰 적응하리라 믿는다. 고양이들에게 잠이란 영적 진화를 위해 필수 불가결한 것이다. 인간에게 잠이란 게으름의 상징이겠지만 우리는 특히 나는 충분한 잠을 통해 아노폴라라는 세계에 접속할 수 있는 능력, 인간의 생각을 감지하는 주파수를 맞추는 능력을 발전시키는 것이다. 하루에 적어도 14시간 이상은 충분히 뇌를 쉬어줘야 한다. 결핍이 아닌 충만과 휴식을 통해 우리는 성장하고 또 성장한다.

3

고양이 똥을 똥이라 불러서는 안 된다

장미꽃을 다른 이름으로 부른다고 해서
향기가 변하는 것은 아니다.

벨, 나란 자에 대하여

한숨 자고 있어 났다. 기분이 너무 좋다. 음 지금 시간이 새벽 1시 정도 되나 보다. 우리 고양이들은 시계를 보지 않아도 본능적으로 시간을 안다. 콧수염에 감지되는 빛의 양으로 시간을 알 수 있다. 아 물론 콧수염은 좁을 골목 같은 데서 내가 지나갈 수 있는 곳인지 아닌지를 판단해주는 기능도 한다.

새로운 환경이라 곳곳을 탐색을 좀 해봐야 할 것 같다. 방문이 빼꼼히 열려 있다. 이건 아마도 나를 관찰하려고 하는 의도일 것이다. 살짝 고개를 내밀어 보니 거실에 "아무도 없~다."라고 할 뻔했다. 이 시간에 TV를 보는 바쁨이가 있다. 한 명 정도는 따돌릴 수 있다. 난 빠른 속도로 방을 나와서 거실을 가로질렀다. 바쁨이가 화들짝 놀란다. 거실 베란다 창가를 따라 달렸다. 바쁨이가 나를 찍겠다고 휴대폰을 들고 따라 온다. 거실 창문에 내 모습이 비친다. 온몸은 하얀색 털로 덮여 있다. 털에는 윤기가 흐른다. 엉덩이에는 큰 점이 두 개가 있다. 왼쪽 엉덩이에 있는 점이 오른쪽 점에 비해 크다. 점의 크기가 다르다고 해서 짝 궁뎅이는 아니다. 눈은 맑고 총기가 서려 있다. 귀는 쫑긋하니 스마트하게 생겼다. 몸매는 날씬하고 뼈대가 굵은 편은 아니다. 날렵해서 어디든 빠르게 달려간다. 자세히 안 보면 순간이동을 한다고 느낄 수도 있다. 한마디로 미묘라고 할 수 있는 상이다. 난 코리안 숏헤어다. 그리고 피메일이다.

기쁨훈련

창가에서 거실 소파를 향해 다시 달리려고 하는데, 거실 소파 위에 누군가가 또 있다. 아우라가 손에 카메라를 들고 있다. 이럴 줄 알았으면 좀 멋있게 뛸걸. 지금이라도 늦지 않았다. 최대한 이쁘고 귀여운 포즈를 유지하면서 우아하게 뛰면 된다. 기쁨훈련을 잊으면 안 된다. 기쁨훈련을 통해 집사들은 기꺼이 시간과 돈을 아끼지 않으며 우리는 진정한 인간의 털 딸, 털 아들로 다시 태어나는 법이다. 바쁨이와 아우라의 카메라를 의식하며 다시 한번 거실 소파를 거쳐 내 방으로 냅다 달려간다. 성공이다. 어쨌든 거실 한 바퀴를 돌아오는 데 성공이다. 내 체취를 묻히며 거실 구역을 장악하는 데 성공했다. 다시 한번 거실과 소파를 장악하는 코스를 반복했다. 훨씬 빠르고 쉽다. 역시 반복의 효과는 복리다. 아우라는 나를 찍은 동영상을 보며 즐거워한다.

다음 날 아침이 되었다. 감지되는 빛의 양이 많고 신선하면서 동시에 뜨거움이 느껴진다. 아마 여름쯤인 것 같다. 눈을 뜨고 잠시 쉬고 있는데 새로운 사람이 등장했다. 목소리 톤이 우선 낮다. 체취도 다르다. 남자인 것 같다. 나를 부르는 소리가 아우라, 기쁨이, 바쁨이와 달리 털털하면서 달짝지근함이 묻어 있고 나를 보는 눈빛이 간절히 관심과 애정을 바라고 있다. 관종이다. 관종이는 방바닥에 주저앉아 고개를 침대 밑의 나를 향해 쭈욱 내밀고 있다.

나를 보더니 얼굴이 보름달마냥 커진다. 벌써 나에게 넘어왔다. 이후 집안 내 순위 경쟁에서 나에게 밀릴 수도 있는 운명을 예측하지도 못한 채 말이다.

똥은 더러운가? 거름인가?

거실에서는 아침부터 시끄럽다. 내 이름을 정하기 위한 후보가 30개가 넘는다. 아우라, 기쁨이, 바쁨이가 각각 10개의 후보를 가지고 온 것이다. 마지막엔 세 개의 이름이 남았다. 아우라의 구마, 기쁨이의 슈뢰딩거, 바쁨이의 벨이 남았다. 구마는 기쁨이와 바쁨이에 의해 "제발 좀!"이라는 한마디의 말로 가차 없이 기각되었다. 다행이다. 하마터면 고구마가 될 뻔했다. 기쁨이와 바쁨이는 아우라에게 말하기 전에 5초만 생각하라고 말한다. 아우라는 말하고 나서도 생각하지 않는 사람이라 그건 매우 어려운 일이라고 볼멘소리를 한다. 기쁨이와 바쁨이가 맞다. 고구마를 좋아하는 건 아우라 본인 취향으로 끝내야 한다. 나에게는 고구마라는 이름은 당최 아니다. 슈뢰딩거는 물리를 좋아하는 기쁨이가 추천한 이름이다. 슈뢰딩거의 고양이라고 해서 슈뢰딩거가 고양이 이름인 줄 착각하는 사람들이 있다. 슈뢰딩거라는 물리학자가 고안한 사고 실험에 고양이가 등장할 뿐이다. 기쁨이가 물리를 좋아하는 것과 내 이름은 별개다. 발음이 길다는 이유로 기각되었다. 마지막으로 벨이 남았다. 벨은 미녀와 야수라는 영화에 나오는 벨이다. 운명적인 사랑을 하는 아름다운 이야기다. 바쁨이는 마치 길고 화려한 드레스를 입은 양 드레스를 걷어 올리는 시늉을 하며 춤까지 춰 보인다. 백색의 하얀 털로 뒤덮인 나에게 정말 어울리는 이름이다. 아우라와 기쁨이도 이 이름에는 동의한다. 결국, 내 이름은 Belle로 정해졌다. Bell이 아니라 Belle이다. 프랑스식 이름이다.

이들은 나의 똥에 관심이 매우 많다. 내가 어떤 똥을 싸는지, 어느 만큼 싸는지 매일매일 체크한다. 매일 아침 기쁨이와 관종이는 나의 똥을 반기며 매우 흡족한 표정으로 조심스럽게 삽질을 하고 한곳에 조심스럽게 모은다. 조선 시대 왕의 똥을 매화라 불렀듯이, 이들은 나의 똥을 똥이라 부르지 못한다. 나의 똥을 감자라 부른다. 근데 언젠가부터 이들은 나를 Ddong(똥) Belle(벨)로 부르기 시작했다. 아우라가 음식을 너무 자주 준 탓이기도 하다. 내가 음식을 다 먹자마자 계속 음식을 채워주는 바람에 계속 먹게 된 것이다. 나 역시 적응하느라 며칠 못 먹은 음식을 한꺼번에 너무 많이 먹기도 했을 것이다. 그런 탓에 줄똥을 쌌다. 똥이 동글동글 한 모양이 아니라 바나나처럼 길게 나왔다. 쉴 새 없이 나왔다. 인풋의 양과 아웃풋의 양이 정확하게 일치한다는 걸 그때 알았다. 줄똥이 나왔을 때 기쁨이와 아우라는 미자 언니에게 벨의 똥이 바나나처럼 길게 나온다고 전화를 했다. 미자 언니는 한 마디로 그건 고양이다운 똥이 아니니 음식을 줄이라고 조언을 했다. 그 이후 나의 똥은 다시 동글동글한 모양이 되었다. 아니 동글동글한 감자로 다시 태어났다. 기쁨이와 아우라는 이것을 줄똥 레전드라 부른다. 줄똥 레전드는 고양이는 똥에서도 고양이다움을 드러내야 한다는 새로운 각성을 하게 되었고, 똥 모양은 나의 섭생 방법에 대한 새로운 기준을 마련하게 되었다.

사실 똥이 더럽다는 것은 한낱 인간의 편견에 불과한 것이다. 똥이 옷에 묻으면 오물이지만, 똥이 밭에 있으면 거름이 된다. 똥 자체를 더럽다, 더럽지 않다고 말할 순 없다. 똥이 오물이 되면 더러우니 씻어야 하고, 똥이 거름이 되면 감사함을 가지면 된다. 상황에 맞게 사물은 달리 해석이 되느니 똥은 오물도 거름도 아니다. 똥은 똥일 뿐이다.

전사훈련

다들 내 이름을 정하고 시시덕거리고 있다. 이때다. 이번에는 방 바로 옆에 있는 부엌의 씽크대 밑을 향해 내달렸다. 싱크대 밑에 틈이 보였다. 거기로 들어가서 구석으로 파고 들어갔다. 어둡고 축축했다. 모두가 깜짝 놀라며 나오라고 난리다. 못나올까 걱정하며 내 이름을 부르는 아우라의 목소리가 커진다. 기쁨이는 알록달록한 장난감을 다 들고 와서 이리저리 흔들어 보인다. 바쁨이는 휴대폰 카메라를 켠다. 관종이는 정신없이 펄펄 뛰기만 한다. 내가 주인공이 맞다. 내가 집사들의 예상과 다른 동선으로 움직이기만 해도 이들은 나를 어떻게 대해야 할지 몰라 당황스러워한다. 만만하다. 처음부터 너무 놀래킬 수는 없다. 싱크대 밑 구석에서 나와서 바로 방으로 돌아왔다. 너무 어린 고양이가 장롱 뒤로 들어가서 장롱과 벽 사이에 끼는 바람에 장롱을 해체했다는 이야기를 하며 아우라와 관종이는 안도의 한숨을 쉰다.

침대 밑에서 자다가 깨서 다시 졸기를 반복 있었다. 심심하다. 베란다 커튼 뒤로 숨어 들어가서 유리창 밖을 내다봤다. 역시 심심하다. 뭔가 재미있는 일이 없나 하며 방

안 여기저기를 둘러보는데 기쁨이의 목소리가 들린다. "벨아!", "벨아!", "똥벨!" 하며 나를 부른다. 딸랑딸랑 방울 소리가 나는 긴 낚싯대들을 내 눈앞에서 휘젓는다. 한 낚싯대 끝에는 파랑색, 빨간색 깃털이 섞여서 매달려 있다. 다른 낚싯대에는 고등어가 매달려 있다. 마침 심심하던 차였는데 잘됐다. 기쁨이는 내가 무언가를 원하기 전에 미리 그 무언가를 준비한다. 기쁨이는 딱 내가 점프해서 닿을 수 있는 높이에서 그 낚싯대를 좌우로, 상하로 움직였다. 한바탕 몸을 좀 풀어야겠다. 나의 손이 깃털에 닿을락 말락 하며 나의 기량을 쌓을 수 있는 그런 플레이였다. 왼쪽에서 깃털이 펄럭이나 싶어 몸을 날려본다. 잡힐 듯하던 깃털은 다시 부드럽게 오른쪽으로 날아간다. 오른쪽으로 몸을 날리면 동시에 깃털은 왼쪽으로 사라진다. 이럴 땐 머리를 써야 한다. 깃털을 쫓아가는 전략은 실패할 수 있다. 좌우로, 상하로 움직이는 낚싯대 동선의 규칙을 찾아야 한다. 기쁨이의 마음을 이용해야 한다. 내가 낚싯대의 속도를 끌고 가야 한다. 내가 깃털의 움직임을 조절해야 한다. 내가 먼저 천천히 움직여야 한다. 내가 속도를 줄이니 기쁨이의 낚싯대를 움직이는 속도가 느려졌다. 이때다. 몸을 왼쪽 45도 방향으로 돌리면서 동시에 위로 솟아올랐다. 깃털을 잡았다. 역시 게임에서 이기려면 주도권을 잡아야 한다. 고등어도 잡았다. 기쁨이도 같이 축하해준다. 이것은 전사놀이라고 불린다. 인간을 이용해서 우리의 기량을 업그레이드시키는 것이다. 전사놀이를 통해 몸을 단련하고 용기를 키우며 두려움이 닥쳐도 흔들리지 않고 앞으로 나아간다. 어떤 위기 앞에서도 자신을 지킬 힘을 키우는 것이다.

4

고양이들은 출산파업을 한다

강철은 담금질을 통해 단련된다.

냥적 자기결정권

우리는 어떻게 단련되는가? 단지 시간이 흐른다고 성장하는 것이 아니다. 그 시간 속에서 어떤 경험을 하고 그 경험에 어떻게 반응했느냐에 따라 성장의 속도와 질이 달라진다. 날씨가 항상 맑은 날이 아니듯이 우리의 삶에도 기복이 있다. 기쁜 일, 행복한 일 앞에서는 겸손해야 하며, 고통스러운 일 앞에서는 자신을 참아 내며 그 일이 나에게 남긴 의미를 찾으려고 애써야 한다. 니체가 말했다. 나를 죽이지 못하는 고통은 나를 성장케 한다고. 정신적 고통이

든 생물학적 고통이든 모두 유의미하다. 최소한 우리의 목숨을 앗아가지 못하는 고통은 어떤 식으로든 교훈을 남긴다. 그 고통을 이겼기 때문에 우리는 지구상에서 살아남은 개체 중 하나가 되었는지도 모른다.

인간에게는 성적 자기결정권이 있다. 자신의 몸에 대한 권리는 인간이 인간다움을 가지는 데 기본적인 권리이다. 몸을 통제하는 것은 정신을 통제하는 것이다. 상대방이 원하지 않음에도 성적 자기결정권을 침해하는 것이 성폭력이다. 여성이 자신의 몸을 통제하고, 출산 여부를 결정할 수 있는 권리이기도 하다. 우리에게도 그런 권리가 있다. 성과 관련된 우리의 행복을 추구할 수 있는 권리다. 냥적 자기결정권이다. 누구의 간섭 없이 자율적으로 성적인 부분에 관해 결정할 수 있는 권리이다. 며칠 전 TV에서 품종묘 번식장에서 갇힌 강아지를 봤다. 사람들이 원하는 외형을 만들기 위해 강제로 끊임없이 교배와 출산을 반복하고 있었다. 당연히 강아지의 결정권은 고려되지 않았을 것이다. 참혹한 환경이었다. 한 평도 안 되는 공간에 대여섯 마리의 강아지가 몸을 뉠 공간도 없이 종일 서 있어야 하는 곳이었다. 눈병이나 피부병 등의 온갖 질병을 앓고 있었다. 바닥엔 배설물과 오물더미가 쌓여 있었다. 이런 곳에서 태어난 강아지는 더러운 패드 위에서 잠을 자고 음식을 먹을 수밖에 없다. 펫샵에서 자란 강아지가 입양 갔을 경우, 이 강아지는 깨끗하고 안락한 새집 대신, 화장실에 있는 배변 패드를 편안한 자신의 집으로 여긴다고 한다. 입양 후 분리 불안이 생길 때마다 화장실 배변 패드 위로 달려간다는 이야기다. 왜냐하면, 태어나서 지금까지 자신에게 안식처라곤 배설물이 묻은 패드 위가 전부였기 때문이다. 이런 비윤리적인 행태에는 인간의 이기심과 탐욕이 숨어 있다. 인간의 만족보다 고양이나 개의 존엄성에 무게를 두기를 바란다. 우리를 인간과 동등한 생명의 무게를 지닌 존재로 인정하고 우리의 냥적 자기결정권을 존중해주기를 바란다. 우리를 공동체의 구성원으로 인정하길 바란다.

출산파업

나는 이제 태어난 지 6개월이 되어간다. 사람 나이로 치면 9세이다. 인간의 시계는 너무 느리다. 속도감이 없다. 시간의 상대성을 새삼 확인한다. 나에게는 후손을 낳아 대를 이어가야 하는 숙명이 있다. 그것에 맞게 몸도 서서히 변하고 있다. 상대를 찾는 날카로운 울음소리를 내게 되고, 몸이 부풀어 오르고, 몸을 자꾸 어딘가에 비비게 된다. 감정도 약간 거칠어지기도 한다. 우리의 냥적자기결정권은 출산에 대해 회의적이다. 슬프게도 아노폴라에서는 출산파업을 결정했다. 지구라는 생태계가 우리의 개체 수를 무한정 늘리기엔 이미 포화 상태다. 지구에 사는 모든 생명체는 식량 부족, 거주지 부족 등의 문제에 직면하고 있다. 근 200년 동안에 지구 환경이 황폐해짐에 따라 우리의 삶도 피폐해졌다. 일정한 개체 수를 유지하는 것이 더불어 살아갈 수 있는 유일한 해법이라는 게 그 이유였다.

출산파업. 인간들은 이것을 중성화 수술이라고 부른다. 시간이 더 흐르기 전에 이 수술을 감행해야 한다. 우선 목소리를 날카롭게 내야 한다. 연습을 몇 번 했더니 잘된다. 저들이 별로 신경을 안 쓰는 눈치다. 밤에 목소리를 날카롭게 하고 울어 댔다. 이번에는 조금 신경을 쓴다. 아우라가 밖으로 나와서 나를 살펴보더니 다시 방으로 들어간다. 아무래도 층간 소음이 날까 걱정한다. 낮도 아닌 한밤중에 나는 소리는 모두를 불편하게 하기에 이 일이 어서 빨리 해결되기를 바라는 마음 간절하다. 4일째 되는 날에 드디어 아우라가 '미자 언니'에게 전화를 한다. 역시 미자 언니는 이제 때가 됐다며 중성화 수술을 권한다. 미자 언니는 자신이 직접 구조한 냥이의 중성화 수술도 사비를 들이며 여러 번 해본 사람이다. 중성화 수술을 한 고양이들은 한쪽 귀의 끝이 조금 잘려져 있다. 그래서 중성화 수술 여부를 금방 판단할 수 있다. 미자는 눈이 오나 비가 오나 정해진 밥자리를 돌며 고양이들에게 밥을 준다. 중성화 수술을 시키기도 하고, 중성화 수술을 한 고양이를 집에 데리고 와서 보호하다 다시 원래 있던 자리로 방사하기도 한다. 여간한 정성으로는 하기 힘든 일이다. 미자는 묘친화적인 인물임이 분명하다.

금식의 시간이 왔다. 인간의 시간으로 12시간을 금식이다. 난 그동안 자유롭게 음식을 먹는 편이었다. 기쁨이는 아예 식기를 치워버렸다. 관성처럼 해왔던 음식을 못 먹는 상황이 쬐끔 힘들다. 아우라는 16:8 단식을 한다고 매번 선언한다. 매번 선언한다는 건 매번 제대로 실천하지 못한다는 뜻이기도 하다. 간헐적 야식 덕에 16시간 금식에 8시간 식사 대신 16시간 식사, 8시간 단식이 되기도 한다. 뜻은 가상하다. 실패가 곧 포기는 아님을 본다. 포기하지 않고 앞으로 나아가는 게 중요하다. 하루 정도의 배고픔은 참아 내야 한다. 이겨내야 한다.

다음 날 오후에 이동 궁전으로 옮겨졌다. 굿케어라는 병원으로 갔다. 로비에는 '세계고양이수의사회 고양이 친화 병원'이라는 입간판이 있다. 아노폴라에 접속해서 확인해 보니 실력 있는 의사와 간호사가 있어서 신뢰할 만하다고 한다. 사람으로 치면 국내 최고의 서울대병원쯤 되는 것 같다. 명성답게 고양이와 강아지가 많이 와 있다. 병원 로비가 마치 자신의 집인 듯 편하게 돌아다니는 고양이도 있다. 나에게는 병원이라는 환경이 처음이라 낯설었다. 처음 보는 고양이, 처음 보는 간호사들이 모두 낯설다. 어떤 표정을 지어야 할지 모르겠다. 주눅이 든다. 이동 궁전 안에서 나가기가 무섭다. 나를 꺼내기 위해 의사와 간호사가 노력한다. 의사가 나와 눈을 맞추며 나의 맘을 풀어보려 애쓴다. 간호사도 나에게 따뜻하게 대하려는 마음이 느껴진다.

드디어 수술대 위로 올랐다. 수술대 위는 차가웠다. 날카로운 바늘이 나의 몸을 관통한다. 난 정신을 잃었다. 개복수술이다. 내 몸 안의 장기를 일부를 제거하는 수술이다. 수술 중 삶을 마감한 고양이들도 있다. 참으로 애석하다. 마취에서 안 깨어나서이기도 하고 수술 후 감염에 대처하지 못해서이기도 한다. 인간이 하는 일이기에 실수도 있고 부족한 점도 있다. 정신을 차려보니 낯선 공간에 혼자 있다. 몸은 힘들고 움직일 수도 없다. 밤새 똬리를 틀 듯 몸을 웅크리고 있다. 신음이 멈추지 않는다. 음식도 조금씩 입에 넣어보지만, 입맛이 살아나지 않는다. 목이 마르다. 물은 먹힌다. 이틀째가 되니 똬리가 풀리듯 웅크러진 몸이 풀린다. 몸을 보니 허리가 붕대로 칭칭 감겨 있다. 마취에서는 잘 깨어났고 별다른 부작용은 없는 걸 보니 수술은 잘되었나 보다. 출산의 고통이 다른 새 생명을 낳는 것이라면, 출산파업의 결단과 수술의 고통은 나를 새롭게 태어나게 했다. 생물학적 능력은 상실했지만, 인간과 더불어 살아가는 자로서 다시금 상생을 위한 각오를 다지게 했다. 퇴원이다. 병원을 나오는데 간호사가 나에게 환묘복과 넥카라를 장착했다. 수술한 부위를 보호하고 그 부위에 그루밍을 못하게 하기 위한 것이다. 노란색 환묘복이다. 붕대를 감은 것도 갑갑한데 그 위에 환묘복을 입히니 더더욱 갑갑하다. 거기에 얼굴보다 더 넓은 넥카라를 장착하니 제대로 걸을 수가 없고 몸이 한쪽으로 기우는 느낌이다.

환묘복과 넥카라를 벗어던지다

집으로 돌아왔다. 거실에 모인 집사들이 며칠 못 봤다고 나를 보고 반가워한다. 환묘복과 넥카라를 보고 안쓰러워한다. 익숙했던 바쁨이의 방으로 들어가려고 하는데 몸이 자꾸 기우뚱거리는 탓에 걷는 것이 어렵다. 아우라의 목소리가 들린다. “병원에서 중성화 수술을 하면서 이상한 부작용이 생긴 건가?” 하며 걱정스러운 마음으로 바로 수술했던 병원으로 전화를 한다. 아우라는 누군가가 아파하거나 힘들어하는 상황을 못 견디는 성향이 있다. 간호사는 수술은 잘되었으니 걱정하지 말라며 혹시 환묘복이 다리에 걸릴 수도 있으니 한번 살펴보고 가위집을 살짝 내도 된다고 한다. 기쁨이가 가위를 들고 온다. 기쁨이는 나를 붙들고 다리 사이에 있는 환묘복의 한쪽에 가위집을 낸다. 갑자기 숨이 쉬어지는 느낌이다. 막혔던 피가 흐르는 느낌이다. 거실을 뛰어 봤다. 속도만 못 낼 뿐 자연스럽게 뛸 수 있다. 환묘복이 몸에 너무 꽉 끼어 있었던 것이다. 헐거워진 환묘복과 넥카라를 장착한 지 3일이 지났다. 도대체 그루밍을 할 수가 없다. 그루밍을 하고 싶다. 움직이는 것도 불편하다. 우선 몸통에서 얼굴을 구분하는 목에 달린 넥카라를 없애기로 했다. 바쁨이 방의 베란다 벽에 넥카라를 대고 몇 번 문질렀다. 다행히도 목에서 쉽게 떨어졌다. 아우라와 바쁨이도 굳이 넥카라를 다시 장착하려고 하지 않는다. 이젠 시원하게 그루밍을 할 수 있다. 남은 건 배를 헐겁게 감싸고 있는 환묘복만 제거하면 된다. 다들 잠든 시간이다. 바쁨이의 침대 아래로 파고들었다. 가위집으로 헐거워진 옷 위로 그루밍을 하기 시작했다. 계속 그루밍을 했다. 점점 배를 감싼 환묘복 사이가 벌어지기 시작한다. 멈추지 않고 계속 옷 위로 그루밍을 해댔다. 옷의 가위집 사이가 점점 벌어지면서 찢어졌다. 환묘복이 몸에서 떨어졌다. 노란색 환묘복이 내 옆에서 껍질처럼 나뒹군다. 드디어 환묘복에서 해방이다. 다음 날 바쁨이와 기쁨이는 놀란다. 하룻밤 새 내 몸에 입혔던 환묘복이 없어졌으니 걱정이 이만저만이 아니다. 하지만 아우라는 "애가 불편해서 옷을 다 찢어버렸나 봐. 할 수 없지 뭐. 수술 자리가 많이 아물었으니 괜찮을 거야."라며 한마디로 정리한다. 아우라의 말을 들으며 난 시원하게 온몸에 그루밍을 한다.

5

냥이 MBTI
– '그래'와는 성격이 맞지 않아

성격은 환경에 대한 개인의 독특한 심리적 체계이며
행동 형태이다.

냥이 사피엔스

고양이라고 다 같은 고양이가 아니다. 지구상에 공존하는 인간들을 호모 사피엔스라고 퉁 쳤을 때 그들이 가지는 보편성은 설명할 수 있으나 개개의 특수성을 담보하지 못하는 것과 똑같다. 호모 사피엔스라! 이 말은 지혜로운 인간이라는 뜻이다. 자신들 스스로를 지혜롭다고 말할 수 있는 오만함에 치가 떨린다. 인간들이 서로가 서로에게 행한 악의 역사와 그들의 이익을 추구하기 위해 이 자연에 해를 가한 역사를 돌이켜 보면 결단코 호모 사피엔스라는 표현은 옳지 않다. 인간들이 서로에게 가지는 편견으로 온갖 차별이 발생한다. 호모 사피엔스라는 하나의 카테고리에 넣을 수 없을 정도로 사람을 분류하고 분리하고 구분해 낸다. 인종, 성별, 종교, 민족, 빈부 등으로 끝없이 나눈다. 나눔의 끝은 차별이다. 무지한 인간이다. 이기적 인간이라고 해야 한다. 인간들은 우리에게도 해를 가한다. 최근 천 마리의 개와 고양이를 굶겨 죽인 사람에 대한 뉴스가 아노폴라에서 큰 이슈가 되었다. 학대다. 법과 고양이의 이름으로 이자를 처단한다.

우리 고양이들도 나와 상대방을 서로를 구분한다. 하지만 차별은 하지 않는다. 상대 고양이 자체를 수용하고 각자 구역을 인정하며 각자의 영역 안에서 존재한다. 또 인간들과도 공존한다. 우리의 모든 삶을 인간들에게 의존하지 않는다. 인간이 자신의 공간에서 홀로 있기를 원하듯이 우리도 우리의 공간에서 홀로 시간을 보내는 것을 즐긴다. 누군가와 함께하면 함께하는 대로 좋고, 혼자 있어야 하는 시간은 그건 그것대로 독립적이어서 좋다. 인간들이 사는 시·공간과 우리의 시·공간은 공존하기도 하고 각각 독립적이기도 하다. 공존과 독립이 유기적으로 이루어진다. 우리의 존재 방식은 공존이다. 냥이와 냥이의 공존, 인간과 냥이의 공존이다. 공존의 바탕은 존중이다. 상대에 대한 존중과 이해를 바탕으로 공존이 이루어진다.

삼색이, 너의 이름은 '그래'

아우라와 기쁨이가 같이 외출을 한다. 가벼운 설렘이 감지된다. 외식하거나 백화점 순례일 것이다. 저 둘은 생각 없이 물건을 사들이고, 충동적으로 돈을 쓰며 산다. 최근에는 가계부가 뭔가를 쓴다더니 잘되고 있는지는 지켜볼 일이다. 그런데 오늘따라 일찍 귀가했다. 아우라와 기쁨이가 호들갑을 떨며 이동 궁전을 들고 현관으로 들어온다. 고양이 한 마리를 더 데리고 왔다. 아우라에게 주파수를 맞췄다. 쉼터에 다녀오는 길이다. 이 아이는 샤로수길에 있는 '더 고기'라는 고깃집 앞에서 구조된 아이이다. 그 고깃집 입구에는 항상 식기가 놓여 있다. 꼭 여기에 들러서 밥을 먹는 고양이 세 마리가 있다. 턱시도를 입은 듯한 무늬를 가진 턱시도, 흰색, 갈색, 검정색이 섞여 있는 삼색이, 노란색 털에 줄무늬가 있는 치즈태비다. 이 세 녀석이 나란히 밥을 먹는 장면을 보면 길을 가던 사람도 멈추게 되는 묘한 매력이 있다. 이들은 입구에서 밥을 먹고 식당 안으로 들어가서 고기를 먹는 사람들의 발 아래서 쉬곤 했다. 고양이들을 보러 고깃집에 오는 사람들도 생겼다. 세 마리의 고양이는 고깃집의 시그니처가 되었다. 근데 그 고깃집이 폐업하게 되면서 갈 데가 없어지자 구조하게 된 것이다. 쉼터엔 더는 수용할 자리가 없다. 그중에 삼색이를 기쁨이가 데려온 것이다. 지금 녀석이 내 앞에 있다.

후처가 본처를 내쫒다

이름은 '그래'다. 이 녀석을 우선 어디에 둘지 서로 의견을 주고받는다. 우선 적응해야 하니 그래를 넣은 궁전을 거실에 두자라거나 벨을 잘 돌보는 기쁨이 방에 두자라거나 등등 여러 의견이 나왔다. 내가 이 노므 집구석에 처음 왔을 때 바쁨이 방에서 적응했다. 그 이후에는 기쁨이 방으로 거처를 옮겼다. 기쁨이가 훨씬 만만해서이다. 기쁨이 방은 나의 주요 근거지다. 기쁨이는 가까이서 나를 잘 보필을 한다. 식기 관리도 바로바로 해준다. 난 지저분한 방은 딱 질색이다. 기쁨이는 꽤 깔끔한 편이다. 그래서 기쁨이 방으로 옮겼다. 기쁨이 방에는 내가 있기에 그래를 이 방으로는 보내지 않으리라 생각했다. 근데 착각이었다. 나를 기쁨이 방에서 빼고 그래를 기쁨이 방에 보내자는데 모두 동의를 하는 것이다. 그 이유는 기쁨이가 나를 돌보듯이 새로 온 그래를 잘 돌볼 거라는 인간 중심의 생각이었던 것이다. 뭐지 한 번도 내 의사를 묻지 않는다. 나를 존중할 의사가 없다. 거처를 옮겼을 때 생기는 나의 분리 불안은 안중에도 없다. 나의 영역을 이 녀석 때문에 뺏긴다고 생각하니 어이가 없다. 나에게도 감정이 있고 기분이 있다. 불쾌하다. 나의 물건들이 모두 거실로 옮겨졌다. 그래가 나의 자리를 차지하고 만 것이다. 모든 일에는 순서가 있고 질서가 있는 법이다. 마치 후처가 본처의 안방을 차지한 격이다. 저항의 소리를 힘있게 내질렀다. 평소에 별로 말이 없는 나였기에 내가 내는 소리에 모두 살짝 놀란다. 잠시 후 그래가 소리를 지른다. 저 녀석은 자신이 이 집에 왔음을 나에게 과시하고 싶은 거다. 여기에서 내가 밀리면 안 된다는 걸 본능적으로 느꼈다. 목과 배에 딱 힘을 주고 소리를 확 질렀다. 내가 들어도 야무진 소리다. 저 녀석은 아무 소리가 없다. 아마 내 목소리에서 풍기는 기에 눌렸을 것이다. 아우라와 기쁨이는 그래와 내가 서로

반가워서 인사를 하나 하면서 내 눈치를 슬쩍 본다. 내심 그러기를 바라는 마음이다. 하지만 보고 싶어 하는 것을 보지 말고 있는 그대로를 봐야 한다. 보고 싶어 하는 것을 보는 것은 인간의 욕심이다. 그래가 자신의 영역임을 애써 확인하려는 제스처를 취할 때마다 난 그래보다 한 옥타브 높게 소리를 질렀다. 그래보다 더 큰 소리로 여기야말로 내 영역임을 주장했다. 점점 녀석의 소리는 작아지기 시작했다.

그래, 똥을 지리다

우리에겐 고양이 MBTI가 있다. 난 높은 통찰력을 가졌다. 부드럽고 조용하며 상대방과 주변 상황을 잘 이해한다. 난 통제받기보다는 통제를 해야 한다. 난 리더십이 있다. 내 영역의 모든 사람과 고양이를 통솔한다. 이 노므 집 구석을 누구보다도 빨리 장악한 이유이기도 하다. 난 새로운 환경에 빨리 적응하는 편이다. 눈치가 빠르고 주변을 빠르게 파악한다. 눈치가 백 단이다. 나서길 좋아하지만 쉽게 움직이지는 않는다. 낯을 많이 가리지만 일단 친해지면 무장해제를 한다. 나는 ENFP다. 타고난 지도자형이다. 근데 이 녀석은 나와 상극이다. 우선 독립적이지 않다. 계속 누군가의 손길을 기다리는 거다. 기쁨이가 쓰다듬다 잠시라도 볼일을 보러 자리를 비우면 앵앵거리기 시작한다. 아우라가 쓰다듬다 잠시라도 부엌으로 가서 얼굴이 안 보이면 다시 앵앵거린다. 기쁨이는 집에서 공부하는 스타일이라 자신의 책상에서 주로 시간을 보낸다. 공부하는 옆에서 자꾸 징징거리거나 안아달라고 방해하면 이쁜이와 독립적이고 우호적인 관계를 계속 지속하기 어렵다. 기쁨이가 공부하느라 정신이 없을 땐 난 눈치껏 조용히 기쁨이의 책상 위에 있는 노트북 위로 올라간다. 거기에서 기쁨이가 공부하는 모습을 바라본다. 공부할 때는 방해하지 않고 너의 곁을 조용히 지키겠다는 내 마음의 표시를 한다. 그래의 성향에 기쁨이와 아우라는 피곤해한다. 뭐 저런 녀석이 다 있나 싶다. 이 노므 집구석은 그래의 방식을 낯설어한다. 방에 혼자 있으면 계속 운다. 의존적이다. 자기중심적이다. 자신의 감정을 통제할 줄 모른다. 주변 고양이들을 탐색하려고 하지 않는다. 나의 성격이나 의도를 파악하고 받아들이려고 하지 않는다. 이들 가족과 소통을 하지 않는다. 본인의 욕구만 받아주길 바란다. 공존이 힘들다. 사회성이 부족하다. ISFP인 것 같다.

모두가 외출했다. 때는 오늘이다. 기쁨이 방으로 갔다. 방문이 살짝 열려 있다. 살며시 밀었다. 낯선 녀석의 체취가 물씬 풍긴다. 아직도 이 녀석은 이 방을 벗어나지 못하고 있다. 나보다 체구가 큰 이 녀석은 나를 보더니 움찔한다. 눈에서 미세한 떨림이 감지되었다. 이 기세를 멈추지 말고 계속 밀어붙여야 한다. 한 발 한 발 그래가 있는 방으로 천천히 쳐들어갔다. 녀석도 한 발 한 발 뒷걸음질치기 시작했다. 녀석을 뒤로 밀고 밀어서 붙박이장 앞까지 몰아세웠다. 녀석은 살짝 열린 옷장 안으로 몸을 숨긴다. 옷장 안 구석에서 몸을 작게 말고 웅크린다. 나도 녀석을 따라 옷장 안으로 들어갔다. 구석에서 불안한 눈빛으로 나를 보는 녀석을 향해 입을 최대한 크게 벌려서 하악질을 했다. 녀석도 같이 하악질을 한다. 여기서 물러설 내가 아니다. 다시 한번 온 힘을 다해서, 입을 최대한 벌리고, 눈은 치켜떴다. 내가 낼 수 있는 최대한의 고음을 냈다. 눈에서, 목소리에서 너를 이기고 말겠다는 의지를 내뿜었다. 다시는 나의 영역을 빼앗기지 않겠다는 의지를 확실하게 표명했다. 이 녀석의 다리가 풀렸다. 몸이 털썩 주저앉는다. 몸의 긴장이 다 풀렸다. 바닥에 풀썩하고 주저앉듯이 엎드린다.

갑자기 냄새가 난다. 아뿔싸 똥을 지렸다. 완벽한 한판승이다.

외출에서 돌아온 기쁨이가 코를 킁킁거린다. 방에서 냄새가 난다고 호들갑을 떤다. 곧 냄새의 진원지를 파악한다. 옷장이다. 여전히 옷장 구석에서 나오지 못하는 그래와 그 녀석의 똥을 발견한다. 기쁨이는 씁쓸해한다. 그래와 벨(내 이름이다), 둘의 공존은 힘들다고 결론을 내린다. 다음 날 그래는 다시 쉼터로 돌아갔다. 나에게 평화가 다시 찾아왔다.

(그 후 그래는 바로 다른 집으로 입양 가서 집사의 사랑을 듬뿍 받으며 뚠뚠이로 거듭났답니다. 다행히도 집사가 그래와 일심동체라 거의 붙어 지내고 있다고 합니다.)

6

묘 친화적인 이름의 유래 – '봉춘'이란 녀석에 대해

모든 사물은 변한다. 사람도 변한다.

갸르릉 테라피

이 노므 집구석 집사들이 거실 TV 앞에 술상을 펴고 다 모여 있다. 내가 빠질 수 없다. 천천히 사색하듯이 걸음을 옮겨 거실 중앙에 앉았다. 나의 움직임은 자연스럽다. 때론 고개를 빳빳이 쳐들고 걷기도 한다. 고고하다. 아무도 나의 존재를 어색해하거나 부자연스럽게 여기지 않는다. 리모컨으로 유튜브로 채널을 돌린다. 고양이 갸르릉 ASMR이 나오고 있다. 갸르릉 소리만 모아 놓은 것이다. 이 소리는 저주파다. 저주파는 스트레스를 완화하고 심신을 치유하는 효과가 있다. 갸르릉 소리는 듣는 이로 하여금 행복감을 더 쉽게 느낄 수 있게 한다. 그래서 갸르릉 테라피다. 모차르트 음악 효과와 같은 것이다. 모차르트 음악은 심신을 안정시키고 창의성을 증진시킨다. 심지어 지능도 높아진다는 연구가 많다. 우리 고양이가 내는 갸르릉 소리는 마법처럼 사람의 감정을 다스리는 역할을 한다. 이 덕분인지 가족들 모두가 차분하고 부드러운 몸짓으로 각자의 일에 집중하고 있다.

나 역시 갸르릉 송에 집중한다. 엉덩이를 그들에게로 향한 채로 식빵 자세를 취했다. 네 다리를 몸 안으로 집어넣고 앉아 있는 모양이 흡사 식빵 굽는 모습 같아서 붙여진 이름이다. 아주 편안한 자세이다. 이 노므 집구석 집사들은 모두 나의 이런 자세를 좋아한다. 말 그대로 식빵을 연상하는 건지도 모른다. 식빵이 풍기는 따뜻하고 달콤한 향기는 안 먹고는 못 배기는 향이다. 아니면 나의 탐스러운 엉덩이를 부러워하는 것인지도 모른다. 윤기 있고 부드러운 나의 털로 덮인 동그란 엉덩이는 한 번만 만져봐도 행복감을 준다.

아우라와 관종이는 부엌에서 요리하고 있다. 기쁨이와 바쁨이는 빨대를 입에 물고 풍선에 바람을 넣고 있다. 순식간에 풍선은 빵빵하게 차오른다. 20개가 넘는 풍선을 입바람으로 채운다. 다 채웠다. 둘은 만족스러운 얼굴로 서로를 쳐다본다. 바쁨이는 의자를 거실 창문 쪽으로 들고 가서 의자 위로 올라간다. 의자 아래에서는 기쁨이가 풍선에 테이프를 붙이고 의자 위의 바쁨이에게 하나씩 건네준다. 바쁨이는 고개를 갸우뚱거리며 풍선을 붙일 위치가 어디가 좋은지 기쁨이에게 계속 질문을 한다. 기쁨이는 성격답게 어떤 위치든 좋다고 한다. 기쁨이의 이 대범함이 난 좋다. 바쁨이는 풍선들을 거실 유리창에 붙였다 뗐다 하며 한참 시간을 뜸 들인다. 바쁨이는 아름답지 않은 것은 못 참는다. 무슨 일을 하든 우선 아름다워야 한다. 유미주의자다. 그래서 또 마음에 든다. 26개의 풍선을 다 붙이고 바쁨이가 내려온다. 손을 탁탁 털며 거실 저 멀리서 이 글자들의 조합을 바라본다. 흐뭇해한다. 'Merry Christmas Happy New Year'이다.

조건부 행복은 행복이 아니다

벌써 내가 이 집에 온 지 6개월이 넘어가고 있다. 한해를 정리하고 다가오는 1년을 맞이하는 계획을 세워야 할 때다. 올해는 여러 일이 많았다. 엄마를 놓쳐버린 일, 쉼터로 간일, 임보를 간 일이 있었다. 또 쉼터를 거쳐 이 노므 집구석 집사를 선택하는 일 등 다사다난한 한 해였다. 엄마를 잃어버렸을 때 구조되지 않았으면 어쩔 뻔했냐고 이 노므 집구석 집사들은 종종 나에게 묻는다. 어떤 일은 그 자체로 불행이 아니다. 내가 불행이라고 라벨을 붙여야 불행이 된다. 난 내가 겪은 일에 불행이라는 라벨을 붙이지 않겠다. 또는 마지막에 만만한 집사를 선택하게 되었다고 해서 그 전의 모든 일이 행복에 이르기 위한 과정에 불과하다는 결과론적 사고도 하지 않겠다. 담담하게 현재의 나에게 닥친 상황을 그대로 받아들이고 그 상황에서 내가 할 수 있는 일을 하려고 한다. 어떤 조건이 갖추어져야 행복한 상태라고 말한다면, 그 조건이 없어지는 순간 불행이라고 할 수밖에 없다. 어떤 조건에서 모자란 부분에 집중하여 어떤 조건을 갖추려고 노력하기보다 불행을 이야기하는 것을 우선 멈추고 싶다. 조건부 행복의 다른 말은 불행이니까. 엄마를 잃은 상황이 온통 불행만은 아니듯이, 집사를 택해서 여기로 온 순간만이 행복은 아니다. 어떤 상황이건 그 상황을 직시하고, 조금 모자라거나 조금 넘치는 것과 관계없이 항상 평정심을 유지하도록 애쓰고 싶다. 중요한 건 어떤 일을 만나더라도 그 속에서 의미를 찾아내고 성장하는 것이다. 성장의 관점에서 보면 안 좋았던 일이나 좋았던 일이나 그 가치가 똑같다. 아니 어쩌면 안 좋았던 일들이 더 나를 성장시키고 단련시키기에 가치가 크다고 볼 수도 있다. 엄마를 잃었을 때는 고통을 견디는 법과 스스로 살아내야 함을 배웠고, 지금 여기 이 공간에서는 같이 공존하는 인간들에 대한 존중과 감사의 마음을 배웠다.

봉춘이 이야기

이번 해에 있었던 아니 들은 이야기 중에 가장 충격적인 이야기를 해보겠다. 어느 회사에서 있었던 일이다. 그 회사의 지하실에는 고양이들이 살고 있었단다. 사장님부터 경비 기사님까지 모두 암묵적으로 인정하는 사실이었다. 그러던 어느 날 사장님이 '녀석'으로 바뀌게 되었다. 녀석은 고양이를 싫어했다. 녀석이 사장으로 취임 후 사내를 순시하던 중 지하실까지 가게 되었고 마침 고양이들이 모여서 밥을 먹는 장면을 보게 되었다. 다음 날 불호령이 떨어졌다. 고양이를 이 건물에 들이지 말라는 것이었다. 경비 기사님은 고양이들을 못 오게 하려고 갖은 방법을 다 썼다. 하지만 막을 방법이 없었다. 그래서 할 수 없이 지하실에 가두고 고양이들에게 밥을 안 줬고, 그래서 고양이들이 굶어 죽었다는 이야기다. 그런데 이야기가 여기에서 끝나지 않았다. 고양이가 사라진 순간 쥐가 건물에 나타나기 시작했다는 것이다. 그 건물은 수락산 자락 아래 있었기에 당연한 결과일 수 있다. 사장 녀석은 직원들을 모아 대책회의를 했다. 대안이 제시되었다. 다시 고양이를 기르는 것이 어떻겠냐는 의견이었다. 할 수 없이 녀석은 고양이들을 다시 건물에 들이기로 하였고 그 이후에 그 건물에서는 다시 쥐가 출몰하지 않았다는 이야기다.

사실 우리 고양이들이 인간들을 구해준 게 이번이 처음은 아니다. 최근에는 파리라는 도시를 구조하는 데 인간들과 같이 공조했다. 파리는 낭만이 가득한 도시였다. 그 도시에 전 세계의 다양한 배경을 가진 온갖 사람이 모여들었다. 경제 불황이 시작되면서 그들 사이에 인종, 종교, 지위 등을 이유로 차별이 공공연하게 자행되었다. 차별은 시간이 지나면서 테러로 변질하였다. 무질서의 상태가 되었다. 만인의 만인에 대한 투쟁이 시작된 것이다. 파괴와 테러가 일상이 되었다. 아름다움과 낭만은 사라지고 도시가 황폐해졌다. 쥐가 들끓기 시작했다. 사람들은 쥐를 피해 도시를 떠났다. 쥐 떼들로부터 다시 도시를 되찾기 위해 고양이들이 하나둘 모여들었다. 고양이 군대가 조직되었다. 고양이 군대는 쥐들과의 전쟁을 선포하고 도시 탈환을 위해 온갖 수고를 마다하지 않았다. 물론 인간들의 협조가 없던 것은 아니다. 결국, 전쟁에서 이겼고 오늘날 파리로 다시 태어났다. 그 전쟁의 잔흔으로 요즘도 가끔 쥐가 나타난다는 이야기도 있다.

지구상의 인구의 수는 80억이다. 고양이 수는 8억 개체 정도이고, 쥐는 인구보다 3배 정도가 많다. 쥐의 습격을 이겨내려면 인간과 우리 고양이와의 상호 협력 관계가 공고해야 함을 잊지 않았으면 좋겠다. 중요한 건 인간들이 우리를 배신하거나 함부로 대하지 않아야 한다는 거다. 배신하지 않는 한 우리가 먼저 배신하지는 않는다. 다행히도 녀석은 그 이후에 우리를 배신하지 않았고 정신적으로 진화를 거듭했다. 그 회사의 운동장에도 화단에도 우리를 위한 식사가 마련되었고, 고양이 돌봄 동호회도 만들어졌다. 급기야 녀석은 길냥이 두 마리를 입양하여 캣대디로 거듭나고 있다. 녀석에게 쥐의 출몰이라는 위기는 캣대디로 성장할 기회였나 보다. 또한, 이 이야기는 나에게도 교훈을 남긴다. 인간들에 대한 무한한 긍정의 마음을 가져야 한다는 것이다. 고양이 학대나 괴롭힘 같은 사소한 일들이 계속 생기겠지만 그럼에도 불구하고 낙관적인 기대를 철회해서는 안 되고, 인간과 우리 고양이들과의 관계는 우상향한다는 것이다. 그 녀석의 이름은 봉춘이다. 우리 아노폴라에서 고양이 친화적인 이름으로 명성이 자자하게 된 유래이기도 하다.(봉춘이란 이름은 2편에 언급된 적이 있음.)

연말과 새해가 지났다. 유리창에 붙어 있는 'Merry Christmas Happy New Year'에서 풍선이 한둘씩 떨어지기 시작했다. 이빨 빠진 것처럼 아무런 규칙이 없이 구멍이 뻥뻥 나 있었다. 거기에서 떨어질 풍선은 다 떨어졌다. 다행히도 지금은 'Yea'가 남아 있다. 일단 의미 있는 단어가 남은 것이다. 이걸 처음 보는 사람에게는 원래부터 'Yea'가 있었다고 해도 무방할 정도다. "예, 예, 예, 오 예~."라며 아우라는 풍선들을 그냥 둔다. 아우라는 무심함과 대인배 기질 사이의 어느 지점에 있다. 스펙트럼이 넓은 인간이다.

7

이 노므 집구석에서 서열 경쟁

생명이 모이는 모든 곳에는 서열이 있다.
그것은 질서를 유지하는 역할을 한다.

'그래' 트라우마가 남긴 것들

이 노므 집구석은 서열을 가지고 종종 다툰다. 식구는 모두 여섯이다. 아우라, 관종이, 바쁨이, 기쁨이, 그리고 나(벨)와 레옹이 있다. 나와 레옹은 몇 위일까? 참, 아직 레옹 이야기를 안 한 것 같다. 레옹은 작년 이맘때 기쁨이가 쉼터에서 데려온 아이다. 레옹을 데려오게 된 데는 꽤 여러 배경이 있다. 우선 나에게 친구나 가족이 필요한가부터 논의가 시작되었다. 우리 고양이는 영역 동물이라 자기만의 공간에서 잘 지낸다. 동시에 무리 속에서 생활하고 사회를 이루는 동물이기도 하다. 사실 내가 혼자이다 보니 집사 가족들이 다 나가고 나면 심심하기도 하여 친구가 있으면 좋겠다고 생각하던 참이었다. 특히 아우라는 벨이 혼자서도 잘 지내지만, 고양이의 사회성을 키워야 하고 같은 종의 무리에서 어울려 살고자 하는 본성을 지켜줘야 한다고 다른 가족을 설득했다. 집사 가족들은 나에게 친구가 필요하다는 것에 다 동의를 했다.

그런데 지난번에 말했던 그래와의 합사 실패에 대한 트라우마가 문제였다. 기쁨이는 자신이 노력한다고 했는데도 그래가 되돌아간 것에 일말의 미안함을 느끼고 있었다. 갑작스러운 그래의 출현은 나에게도 트라우마였다. 그 경험을 되풀이하지 않는 방향으로 또다시 합사 논의가 시작된 것이다. 나는 무조건 나보다 어린아이를 원했다. 나의 권위에 도전하거나 영역을 뺏으려는 자는 허용이 안 되기 때문이다. 내가 하얀색이라 가족들은 치즈를 원했다. 나와 가족들의 의견을 종합하여 새끼 치즈로 결정되었다. 마침 기쁨이가 봉사를 다니는 쉼터에 임신 묘가 들어왔다. 세 마리를 낳았다. 두 마리는 일찌감치 입양 갔다. 남은 한 마리가 치즈였다. 이 아이를 데려오면 딱 맞겠다고 생각했다. 근데 이미 두 아이가 젖도 떼기 전에 어미랑 떨어져서 그런지 이 어미 묘가 필사적으로 이 치즈를 지키고 곁을 주지 않는다는 거다. 기쁨이는 쉼터에 청소하러 갈 때마다 어미 묘에게 얼굴을 익히며 무장해제를 시켜서 치즈와 친해졌다. 그렇게 태어난 지 두 달 만에 이 노므 집구석으로 왔다. 오기 전부터 레옹이라고 이름이 지어진 이 녀석은 기쁨이 방도 아니고, 거실도 아닌 서재에서 적응시키기로 했다. 녀석은 항상 엄마와 다른 고양이 틈에서 자란 탓인지 서재에 혼자 있는 이 상황을 견디지 못하고 매일 밤을 울었다. 그때마다 온 식구가 돌아가면서 그 방에 들어가서 얼굴을 서로 익히고, 장난감을 흔들어주고, 간식을 주는 정성을 보였다. 나도 가끔 그 방에 귀를 대보기도 하고, 기쁨이를 따라 그 방에 들어가 보기도 했다. 녀석은 정말 작았다. 아우라의 앞치마 주머니에 쏙 넣을 수 있을 정도다. 이렇게 조그만 할 때 나도 이 노므 집구석으로 왔다고 생각하니 마음이 묘하다. 조그만 녀석이 꼬무락거리는 게 마음이 아플 정도로 이쁘다. 생명의 무게는 크기와 나이와 관계가 없다. 기쁨이는 조금씩 녀석의 영역을 확장했다. 서재 문을 열어서 레옹에게 거실 구경을 시키기도 했다. 옹이를 서재에서 베란다로 옮겨서 베란다 밖도 구경하게 했다. 거실 유리창을 통해 거실 안쪽 구석구석을 탐색

하게끔도 했다

드디어 레옹과 만나다

7월의 어느 더운 여름 저녁, 거실과 베란다를 나누는 유리 창문을 사이에 두고 나와 레옹, 우리 둘은 딱 만났다. 나는 거실에 있었고 녀석은 베란다에서 거실을 들여다보고 있었다. 이 녀석이 밤마다 엄마를 찾으며 울던 아이다. 이 집에 온 지 1주일간 이 녀석은 저기 서재 방에서 매일 울었다. 안쓰러운 녀석이다. 녀석은 그래와는 달랐다. 나를 보더니 눈을 깔고 꽤 순종적인 표정을 한다. 적대적이거나 공격적이지 않았다. 두려움의 눈빛도 전혀 없다. 거실 유리문을 사이에 둔 나와 레옹 녀석의 상봉이 서로 우호적임을 감지한 기쁨이가 전격적으로 거실 유리 창문을 열었다. 나도 모르게 뒷걸음질을 쳤다. 녀석은 나를 보더니 졸졸 따라온다. 내가 얼굴을 돌려 돌아보니 곁눈질하며 슬금슬금 뒷걸음질친다. 두려움의 뒷걸음질은 아니다. 겸손의 의미다. 녀석은 나를 경계하는 눈빛도 없이 환하게 웃는다. 녀석은 긴장하지 않는다. 나의 마음을 눈 녹듯 열리게 한다. 나보나 앞서 걷지 않는다. 나의 권위를 인정하는 것이다. 마음에 쏙 들어버렸다. 식사할 때도 나보다 먼저 식기에 입을 대는 법이 없다. 내가 항상 먼저 식기에 도착해서 다 먹고 나면 그제야 식기에 얼굴을 들이민다. 내 음식이 좀 부족하다 싶어서 녀석의 음식을 먹어도 별다른 저항이 없다. 기쁨이가 주는 마른 빙어 간식을 먹을 수 있는 기대가 있어서일지도 모른다. 입이 짧아 로열 표 사이언스 식사가 아니면 전혀 먹지 하는 나에 비해 녀석은 입맛 스펙트럼이 좀 넓은 편이다.

나의 메인 식사는 매우 과학적이고 체계적이다. 우리가 먹는 음식은 그냥 만들어지는 것이 아니라 과학적으로 조제되는데 신장병이나 비만 등 각종 병을 고치는 데 약보다도 더 흔히 쓰인다. 우리는 물이 부족하면 신장병에 잘 걸리는데 그땐 신장병용 음식으로 식사를 한다. 나이가 들면서 운동량이 부족하다 싶으면 그땐 다이어트용 음식으로 식사를 한다. 사실 난 요즘 다이어트 식사를 하고 있기도 하다. 비만은 우리에게도 인간에게도 별로다. 이렇게 각자 고양이들의 필요에 맞게 과학적이고 체계적인 식사를 한다. 음식으로 우리에게 필요한 영양소를 다 공급받을 수 있다. 가끔 아우라는 이것저것 요리하기 귀찮다고 약한 알로 해결하는 세상이 왔으면 한다. 과연 인간이 식탐과 저작 욕구를 넘어서서 한 알 혹은 한 종류의 그 무엇으로 생물학적 필요성을 충족시킬 수 있는 때가 도래할까? 이 약 저 약 필요 없이 각 개인의 필요한 영양소를 측정하고 음식으로 병을 해결하는 때가 오긴 올까? 우리 고양이에게 음식이 과학이듯이 인간세계도 음식이 온전히 과학으로 해결되는 시기가 언제 올지 궁금하다.

나는 서열 1위이다

그렇게 레옹과 나는 가족이 되었다. 아직 엄마 젖을 먹는 시기가 안 지나서인지 나의 배를 쪽쪽 빨곤 하지만 둘이 같이 뛰어다니며 놀기도 하고, 서로 인상을 쓰면서 싸우기도 한다. 성격이 맞는 것 같다. MBTI 검사를 안 해봐도 될 정도다. 하지만 서열은 다른 문제다. 나는 이 집에서 몇 위일까 궁금하다. 가끔 관종이는 나의 이마에 자신의 엄지손가락과 검지를 붙여서 원을 만든 다음 검지를 탁 튕긴다. 일명 딱밤을 날리는 때가 있다. 한 대 맞으면 정신을 못 차린다. 혼미한 정신으로 벽지를 스크래치 내는 것으로 복수를 대신한다. 이 딱밤을 못 하게 막을 수 있는 건 아우라밖에 없다. 아우라가 관종이를 제지한 덕에 딱밤에서 벗어날 수 있었다. 아우라가 구세주다. 이걸 보면 이 집에서 1위는 관종이가 아니라 아우라로 보인다. 나는 아우라의 비호를 받는 2위라고 위안을 하고 있다.

최근에 있었던 일이다. 가족들이 다 모여서 영화를 보고 있었다. 이때를 틈타 나는 바쁨이의 방으로 들어갔다. 바쁨이는 주로 방문을 닫고 지내는데 이날만은 열려 있었다. 바쁨이 방 안에서 이것저것 둘러보고 있는데 갑자기 방문이 닫혔다. 바쁨이가 영화를 보다 말고 급히 자신의 방문을 닫은 탓이었다. 졸지에 갇히는 신세가 되었다. 당황스러웠다. 그런데 거실에서 레옹이가 나를 찾는 소리를 냈다. 점점 소리가 가까워지더니 바로 방문 앞에서 소리를 낸다. 레옹은 내가 여기 있는 걸 아는 거다. 레옹는 내가 안 보이면 항상 소리를 내며 나를 찾는다. 레옹은 벨 바라기다. 며칠 전에는 드레스 룸에 들어가서 놀고 있는데 또 문이 닫혔다. 옹이 녀석이 드레스 룸 문 앞에서 서성거리며 나를 찾는 소리를 낸 덕에 아우라가 방문을 열어 준 적이 있다. 이날도 레옹의 울음소리를 듣고 영화를 보던 아우라가 바쁨이 방에 벨이 들어간 거 같다고 말한다. 다들 그럴 리가 없다고 부정을 한다. 벨이 바쁨이 방에 들어갈 상황이 아니라는 것이다. 바쁨이도 역시 자신의 방에 벨이 들어갈 시간적 틈도, 공간적 틈도 없었다고 부정을 한다. 아우라가 며칠 전 드레스 룸 사건을 이야기하자 바쁨이가 얼른 일어서서 자신의 방으로 갔다. 바쁨이의 방문이 열렸다. "휴~." 하며 나는 거실로 나왔다. 거실로 나온 나를 보고 다를 놀랬다. 나는 안도의 한숨을 쉬며 코를 레옹의 코에 비벼댔다. 역시 우리 둘은 뭔가 통하는 데가 있다. 짧은 시간의 헤어짐이었지만 반가웠다. 옹이 녀석 덕을 내가 이렇게 본다. 이것을 보며 다들 아우라의 직관에 감탄한다. 아우라의 순간적인 판단이 나를 구했다. 역시 이런 직관과 순간 판단력의 촉수는 이 노므 집구석 집사 모두에게 뻗어 있고, 모두를 압도한다. 아우라는 1위임이 틀림없다.

나와 레옹은 낮에 렘수면과 논렘수면을 번갈아 취한다. 깊은 잠을 자기도 하고 귀를 세워서 얕은 잠을 자기도 한다. 밤이 되면 슬슬 운동을 하고 몸을 단련한다. 그것을 우당탕이라고 부른다. 책상 위 펜은 바닥으로 떨어지고, 저녁에 개켜 놓은 옷들도 다 이리저리 흩어진다. 우당탕을 실컷 하고 난 후에는 레옹과 나는 소근육 발달을 위해 거실 서랍장을 여는 연습을 많이 한다. 거기엔 츄르가 있어서 더 동기가 부여된다. 츄르를 꺼내고 껍질을 까서 먹기도 한다. 서랍은 열려 있고 먹다 만 츄르 껍질은 거실 바닥에서 뒹군다. 거실이 난장판이 된다. 아침에 거실로 나온 아우라가 외친다. "어머! 누가 거실을 이렇게 만들었지? 요 녀석들이 똑똑해서 서랍장을 다 여네, 밤새 운동도 열심히 했나봐." 아우라는 우리가 벌인 일에 대해 칭찬을 듬뿍한다. 기쁨이와 바쁨이가 거실을 이렇게 어질렀을 때와 달리 목소리가 부드럽다. 기쁨이와 바쁨이가 거실을 안 치우고 자리를 뜨면 아우라의 목소리 톤이 갑자기 내려가면서 단호하다. 하지만 아침마다 들리는 아우라의 톤은 안정적이며 끝이 발랄하다. 아우라는 우리를 있는 그대로 인정한다. 우리가 어떤 일을 벌이든 수용한다. 아우라는 우리의 어지름에 대해 이러쿵저러쿵 평가질하지 않는다. 그저 받아들일 뿐이다. 아우라는 우리의 행동과 습관에 대해 순응하고 적응하고 존중한다. 그러니 나와 레옹은 아우라보다 위에 있다. 나는 top of the top임이 틀림없다. 와우^^

8

변기의 다양한 용도

넌 또 술이냐 맨날 술이냐.

닭고기 로드

사위가 조용하다. 거실 등이 은은하게 빛나고 있다. 모두 잠든 듯하다. 나와 레옹은 거실 소파를 오르락내리락한다. 거실 탁자 위에 있는 과자 봉지를 밀어 아래로 떨어뜨리기도 한다. 부엌도 접수한다. 부엌에는 어제저녁에 먹은 닭가슴살의 향기가 은은하게 남아 있다. 닭가슴살은 레옹 녀석이 정말 좋아하는 간식이다. 코를 킁킁거리며 닭가슴살의 흔적을 쫓아간다. 부엌 물건을 건드리면 아침에 아우라의 목소리가 커진다. 며칠 전에 옹이 녀석이 식탁 위에 있는 바쁨이의 다이어트용 닭가슴살을 하나 물고 냅다 달아난 적이 있다. 아우라는 옹이가 무슨 묘기를 보인 것처럼 흥분했다. 가슴살을 찾으려는 의도가 아니라 마치 닭고기가 사라진 로드를 카메라에 담겠다는 의도였다. 닭고기를 들고 뛰는 옹이의 모습을 카메라로 남기고 싶어 했다. 닭가슴살은 기쁨이의 침대 아래서 발견됐다. 집사들은 다 모여서 그 모습을 보며 웃었다. 그러니 밤에 싱크대를 다녀간 흔적을 남기면 아우라가 또 카메라를 들고 나와 레옹 녀석을 찾아 나설 게 분명하다. 나와 레옹이 녀석이 들고 뛴 음식을 찾아 또 카메라를 들이댈 것이다. 귀찮아진다. 그러니 흔적을 남기면 안 된다. 눈치 없는 옹이 녀석이 계속 싱크대 위를 오르락내리락한다. 어서 내려가자고 냥펀치 한 대를 날렸다. 녀석은 나를 따라 거실로 나온다. 영 아쉬운지 녀석이 나를 향해 살짝 발톱을 날린다. 녀석은 발톱을 잘 사용할 줄 모른다. 아니 사용해본 적이 없다. 펀치를 날릴 때도 손톱을 세우는 법은 없다. 녀석은 정말 수줍어한다. 메일치고는 성정이 부드럽고 억세지가 않다. 녀석의 펀치를 아무리 맞아도 불쾌하지가 않다. 녀석의 펀치를 여러 번 맞아주는 척하다가 내가 한번 세게 할퀴려고 치면 무조건 도망간다. 싸움이 도저히 되지 않는다. 그래서 녀석과 싸움은 항상 싱겁게 끝난다. 그래서 사랑스럽다.

변기 물맛은 잊었다

거실에서 쫓고 쫓기며 한바탕 우당탕을 하고 있었다. 삐삐삐삐삐삐삐삐. 어라, 이 시간에 누가 현관문을 열고 들어온다. 그러고 보니 안방에서도 불빛이 아직 꺼지지 않고 있다. 아우라가 깨어 있다. 바쁨이가 천천히 들어온다. 현관에 서 있다. 앞뒤로 몸이 움직이는 거 같기도 한 것이 중심 잡기를 못 한다. 신발을 벗는 데 한참이 걸린다. 저건 전문 용어로 '취했다.'라고 하는 것이다. 중문을 열고 거실로 들어온다. 걸음이 느리다. "또옹 벨~.", "또오옹 벨~.", "또옹 레옹~.", "또오옹 레옹." 하며 흘리는 발음으로 우리를 부른다. 바쁨이의 귀가 인사는 항상 카메라로 시작한다. 나와 옹이 녀석을 보더니 휴대폰 카메라를 켠다. 멋있게 발라당을 했다. 시선은 바쁨이를 보면서 몸은 살짝 반대편으로 향한다. 바쁨이와 눈을 맞춘다. 찰칵찰칵 소리가 계속 난다. 왼쪽으로 한 번 굴렀다. 바쁨이의 웃음이 조용한 거실에 퍼진다. 오른쪽으로 굴렀다. 바쁨이가 손뼉을 친다. 다 잠든 식구들이 깰까 걱정이다. 바쁨이는 카메라를 멈추지 못한다. 나와 눈높이를 맞춘다고 아예 바닥에 엎드렸다. 이때 안방에서 아우라가 단호하게 한마디 한다. "얼른 가서 쳐 자서~!" 바쁨이는 "녜."라고 작은 목소리로 대답하며 방으로 들어간다. 그리고 잠을 잤다. 평소 같으면 이것으로 상황이 종료되었을 것이다. 오늘은 좀 다르다.

갑자기 바쁨이가 방에서 입을 틀어막고 나오더니 화장실로 직행한다. 굉장히 빠른 속도다. 옹이 녀석이 닭가슴살을 입에 물고 사라지던 그 속도다. 화장실 문밖에 서서 보니 변기에 머리를 박고 있다. 변기는 내가 가끔 올라가는 곳이다. 올라가서 무엇을 했는지는 말하지 않겠다. 변기 물맛은 잊었다. 언제부턴가 바쁨이와 기쁨이는 화장실에서 일을 보고 나올 때 문을 꼭 닫기 시작했다. 또 아우라가 하루에 한 번씩 청소를 열심히 하는 건 안다. 바쁨이가 변기 물을 마시는 건 아닐 거다. 변기에 토하는 소리가 들린다. 고개를 돌려 나를 보더니 그사이에 또 눈을 찡긋거린다. 지금 남을 생각할 때는 아닌 거 같은데 애써 여유를 부리는 것 같다. 세면대에서 얼굴을 씻는다. 기쁨이가 거울을 보며 한숨을 내쉬는데 알코올 냄새가 거울에 반사되어 화장실 문밖에 있는 나의 코를 찌른다. 바쁨이의 얼굴이 조금은 편안해진 느낌이다. 바쁨이는 그 짧은 순간에도 거울에 비친 자기 얼굴을 보며 '어유 이뻐.'라고 혼잣말하는 것을 잊지 않는다. 손을 닦으며 방으로 들어간다. 바쁨이의 침대는 2층짜리 벙커 침대다. 1층 벙커 안에는 소파와 간이 탁자가 있다. 유미주의자답게 턴테이블과 오래된 장서들이 있다. 잠을 자는 곳은 2층이다. 잠을 자려면 2층으로 올라가야 한다. 그런데 1층 벙커 안 소파에 앉아 있다. 저건 술을 많이 마셨을 때 하는 루틴이다. 아우라는 바쁨이에게 술을 많이 마신 날에는 절대 2층으로 올라가지 말라고 했기 때문이다. 1층 벙커 안 소파에 몸을 둘둘 말아 찌그러져 있다.

작전 상 후퇴

갑자기 눈을 뜨더니 다시 화장실로 간다. 웩! 웩! 웩! 소리가 제법 크다. 막 잠이 들려던 아우라가 안방에서 눈을 비비며 나온다. 바쁨이의 등을 두드린다. 아우라의 등 두드리는 소리는 리드미컬하다. 한두 번 해본 솜씨는 아니다. 토하고 싶은 자는 아우라에게 등을 맡기면 된다. 부드러우면서도 임팩트가 있어서 속 안까지 울림이 전달된다. 먹은 음식들이 차친 임팩트에 입 밖으로 안 나올 수가 없다. 감정이 실렸기도 했을 것이다. 잔소리가 목구멍까지 나온다. 잠시 지금이 칠 때인지 아니면 빠질 때인지 침착하게 계산한다. 지금은 빠질 때다. 이런 상황에서 잔소리는 독이다. 적어도 아우라는 잔소리를 할 때와 하지 않을 때를 구분한다. 토하는 아이 옆에서 잔소리해봤자 씨알도 안 먹힌다는 걸 잘 알고 있다. 혀끝에서 맴도는 잔소리를 꿀꺽하고 삼킨다. 작전상 후퇴다. 바쁨이가 누군가의 도움이 필요할 때는 묵묵히 도와주는 게 아우라의 이기는 전략 전술이다. 지금은 지는 것이 나중에 이기는 길이다. 잔소리는 상대방이 듣고 싶어 할 때 그때 해야 효과가 있다. 퍽퍽퍽 두드리며 '참을 인' 자를 마음에 새긴다. 폭폭폭 하며 토하는 바쁨이를 짠하게 본다. 나도 옆에서 살짝살짝 바쁨이의 등에 냥펀치를 날려본다. 아우라가 나를 보며 등을 잘 두드린다며 칭찬을 잊지 않는다. "넌 술 안 마실 거지? 똥벨." 하며 바쁨이 들으라는 질문을 한다. 옹이 녀석은 거실 해먹에서 밖으로 고개를 내밀고 물끄러미 쳐다본다. 니들 일은 니들이 알아서 하라는 식이다.

바쁨이가 다 토한 것 같다. 이제는 나를 봐도 웃지 않는다. 힘이 없다. 거실 바닥을 기듯이 방으로 들어간다. 아우라가 같이 들어간다. 바쁨이는 두통이 심하다며 잠을 자지 못한다. 아우라는 거실 장에서 체온계를 꺼낸다. 열을 잰다. 38도가 넘는다. 바쁨이에게 이건 식중독 아니면 장염일 거라고 말한다. 뭘 먹었는지 물어본다. 술과 족발을 먹었다고 한다. 아우라는 족발엔 소맥이 진리라 생각하며 주종을 묻는다. 소맥이 맞다. 테슬라란다. 우선 약상자에서 타이레놀을 꺼낸다. 이 약은 술과 같이 먹으면 안 된다. 시간 간격을 띄어야 한다. 이젠 등이 아프단다. 등을 두드린다. 어깨뼈를 마사지한다. 가볍게 두드리는데도 아프다고 자지러진다. 어쩌면 체한 것일 수도 있겠다고 말한다. 체한 거라면 손을 따야 한다. 아우라는 수지침을 배워서 손발을 따는 건 잘한다. 효과는 알 수 없지만 우선 해봐야 할 것 같다. 아우라가 신중하게 수지침으로 손을 딴다. 엄지손가락 끝에서 퐁하고 피가 솟는다. '음 바로 이거야.'라며 아우라는 익숙한 손놀림으로 손가락의 피를 솜으로 닦고 소독을 한다. 양손을 다 땄다. 바쁨이는 여전히 견갑골이 아프다고 한다. 이번엔 바쁨이를 눕히고 경락을 한다. 양쪽 엄지손가락으로 척추를 따라 누른다. 나머지 네 손가락으로 양쪽의 갈비뼈를 감싼다. 등이 뜨뜻하다. 열이 안 내려간다. 제빙기에서 얼음을 꺼내 비닐봉지에 담아 수건으로 감싼다. 이마에 얼음 수건을 댄다. 그러는 사이에 바뿜이는 잠들었다. 체온을 다시 재보니 37도 언저리다. 수지침으로 손을 딸 때 먹힌 해열제가 효과를 발휘한다. 서서히 체온이 정상으로 떨어질 것 같다. 아우라는 조용히 문을 닫고 방에서 나온다. 내일 아침에 갈 병원과 먹일 죽을 머릿속으로 그리며 잠을 청한다. 사위가 조용하다. 레옹과 나도 오늘 밤은 우당탕을 약하게 해야 할 것 같다.

9

바쁨이, 아파도 기쁨이와 크로스!

사랑하는 바쁨쓰

장염 완쾌를 축하합니다.

술은 작작 마시고

바쁨이의 ㅅㅅ

이제 바쁨이를 깨워서 병원에 가야 할 시간이다. 자는 바쁨이를 깨우려고 방문을 여는데 급히 방에서 나오는 바쁨이와 마주친다. 바쁨이는 화장실로 간다. 아침부터 설사가 시작되었다. 설사를 설사라고 하면 안 된다. 바쁨이는 설사를 'ㅅㅅ'이라고 한다. 아침에만 화장실을 다섯 번은 다녀온다. 나올 때마다 점점 등의 각도가 기쁨이의 Z플립 휴대전화처럼 접힌다. 꼿꼿이 서서 들어간 바쁨이가 나올 때마다 배를 움켜쥔다. 나를 본체만체 바쁨이는 연신 화장실만 왔다 갔다 한다. 바쁨이는 죽을 한술 이상 먹지 못했다. 아우라는 바쁨이를 데리고 병원에 다녀왔다. 장염이란다. 하루쯤 금식을 권했다. 어차피 입맛도 없었다. 너무 힘이 없다. 학교 갈 시간이다. 배가 고파 죽을 한술 뜬다. 한 수저 이상 더는 들어가지 않는다. 수업은 이미 다 끝났다. 수업이 문제가 아니다. 동아리 발표 준비로 연극 동아리방으로 가야 한다.

바쁨이는 연극동아리 '극 Society'에서 활동한다. 연극이나 뮤지컬 공연을 너무 애정하는 아이다. '극 Society'에서 이번 해에는 기획을 맡고 있다. 작년에는 '생, 그리고 살다'라는 연극의 주연이었다. 4일간 진행되었다. 기쁨이와 아우라가 두 번이나 가서 볼 만큼의 재미와 의미가 있었다. 아이들이 직접 쓴 대본치고는 삶과 죽음에 대한 고민에 깊이가 담겨 있었다. 죽음을 앞둔 아버지와 아들의 화해, 죽음을 앞둔 이의 삶에 대한 회한, 메멘토 모리라는 주제 의식이 잘 드러나는 창작극이었다. 그 연극은 지금도 유튜브 탑재되어 있다. 1달 만에 2시간짜리 공연의 대본을 다 암기하느라 그때도 무지 힘들어했다. 그 덕에 대상포진이 왔다. 당시 아침에 일어나는데 갑자기 눈썹 위에 포진이 생겼다. 다른 부위가 아닌 눈 위라 안과 검진과 내과 검진을 동시에 해야 했다. 다행히 포진은 더 번지지 않았다. 포진으로 생긴 눈썹 위 흉터 치료는 1년째 하고 있다.

올해는 구토와 설사다. 연극 발표 때마다 병원 순례를 해야 하나 보다. 중간고사를 치르자마자 극에 집중해야 하는데 이미 에너지가 많이 소진되었다. 신입생에게는 일을 가르쳐주고, 그것을 확인하고, 피드백해야 하는 과정이 있는데 매번 소통이 잘 안 돼서 곤란하단다. 내가 하는 말과 상대방이 이해하는 말이 다른 그 느낌 안다. 나는 '아'라고 했는데 상대는 '어'라고 알아듣는 식인 것 같다. 무대를 준비하고, 학교 측에서 예산을 받아서 쓰고, 결산하고, 무대인사를 준비하고, 연극 총연습을 보며 같이 보완하는 과정이 산 넘고 또 산이다. 대본팀, 카메라 팀, 피디팀 후배와 동료들이 하는 일을 점검하고 펑크 난 일은 대타로 뛰는 등 할 일이 끝도 없다고 한다. 그래서 바쁨이는 항상 바빴다. 바쁜 와중에도 나를 위해서 사진을 찍는 게 가상하다. 어젠 공연을 1주일 앞두고 제작 회의를 하면서 다 못한 이야기로 시간이 늦어지고 과음을 불렀다고 한다. 몸의 면역력이 떨어진 것 같다. 이번 주 금요일이 첫 무대가 올라가는 날이다. 그날의 무대인사를 위해서라도 건강을 회복할 수 있을지 걱정이 된다.

장염약을 먹었는데도 쭉쭉 쏟아져 내리는 상태가 5일이나 계속되었다. 그동안 하루에 한 끼의 죽도 못 먹었다. 먹은 것마저 다 쏟아져 나왔다. 학교 일은 일대로 다 했다. 이젠 걸을 힘도 없다. 나를 봐도 카메라를 꺼낼 힘도 없다. 살짝 웃고 지나갈 뿐이다. 5일째 되던 날 아침이다. 아우라가 여기저기 전화를 한다. 표정이 좀 심각하다. 아무래도 수액을 맞혀야 하는 것 같다. 중형병원으로 예약을 한다. 수액이라도 맞으러 병원에 갈까 하고 바쁨이에게 물으니 간다고 한다. 바쁨이가 아프다고 하면 정말 아픈 거다. 웬만해선 아프다고 티도 안 내는 아이다. 심상치가 않다고 여기며 둘이서 병원으로 출동한다. 접수하고 순서를 기다리는데 의자에 앉은 바쁨이의 상체가 점점 무릎에 놓인 가방 위로 무너져 내린다. 의사가 입원을 권한다. 탈수가 심해서 입원을 해야 한단다. 일반 장염이 아닐 수도 있고, 탈수가 안 잡히면 다른 검사도 해볼 수 있다고 한다. 장염이 아닐 수도 있다고 하니 선택의 여지가 없다. 바쁨이는 서 있을 힘도, 앉아 있을 힘도 없이 쭉 처져 있다. 아우라는 '그래 넘어진 김에 쉬어가는 거다.'라고 마음먹는다. 입원이 결정되었다. 코로나 검사를 한다. 비상상황이다.

바쁨이 입원

입원 물건을 챙기러 아우라와 바쁨이가 잠시 집에 들렀다. 이럴 땐 나도 신이 나지 않는다. 바쁨이는 들어오자마자 소파에 널브러진다. 누운 채로 여기저기 전화를 한다. 연극 발표와 관련된 모든 일의 진행을 전화로 체크를 한다. 연극이 두 팀으로 진행이 되는데, 다른 팀의 무대인사를 하는 후배에게 부탁한다. 일정 조율과 무대인사를 동료에게 맡길 수밖에 없는 상황이 미안한 듯하다. 세면도구와 여벌 속옷을 챙기고 다시 병원으로 갔다. 입원 수속을 하고 병동 층으로 올라갔다. 보호자는 돌아가란다. 아우라는 바쁨이를 혼자 두고 돌아왔다.

아우라는 조용히 소파에 앉아 있다. 레옹이가 무릎 옆에 살짝 몸을 기댄다. 옹이 녀석은 애교가 많다. 특히 아우라 옆에서 같이 눕는 걸 좋아한다. 아우라는 부드럽게 녀석의 목덜미를 만진다. 갸르릉 소리가 난다. 녀석은 목을 이리저리 돌리며 계속 손길을 기다린다. 녀석의 등을 만지고, 꼬리를 만지고, 배를 만진다. 녀석은 그대로 아우라에게 몸을 맡긴다. 부드러운 털이 위로를 준다. 녀석의 얼굴은 동그랗다. 저절로 웃음이 나온다. 모든 모남을 녹여버리는 힘이 있는 동그란 얼굴이다. 아무런 감정이 없는 원 모양이 옹이의 얼굴로 옮겨지면 웃음과 즐거움을 준다. 긴장을 순간 빵하고 터트려 버리는 힘이 있다. 팽팽하던 몸의 근육이 스르르 하고 풀리게 하는 힘이 있다. 녀석의 동그란 얼굴은 기쁨이자 휴식이며 위안이다. 바쁜 하루였지만 이젠 괜찮다고 아우라는 스스로에게 말한다.

바쁨이는 5일을 입원했다. 아우라는 카톡에서 눈을 떼지 못한다. 병원이라 안심이 안 되는 건 아니지만 입원 상황을 카톡으로밖에 전해 들을 수가 없으니 애가 타긴 탄다. 바쁨이는 수액을 맞고, CT를 찍고 피검사를 하고, 금식하기 시작했다. 다행히 2일째부터는 설사로 인한 탈수는 멈췄다. 여전히 죽은 못 먹는다고 한다. 식사 전후 사진을 카톡으로 보내는데 죽 그릇의 양에 변화가 없다. 3일째 점심이 돼서야 그릇에 담긴 죽의 량이 먹기 전후로 차이가 많아졌다. 이젠 좀 먹는 것 같다. 저녁에는 드디어 바쁨이가 달달한 과자를 먹고 싶단다. 내심 '이젠 회복이 되나 보다.'라고 여기며 아우라는 마음의 시름을 놓는다.

거실 현수막

그사이 공연은 막을 내렸다. 바쁨이가 병원에 있는 동안 기쁨이는 바쁨이가 기획한 공연을 두 번이나 공연을 봤고, 기획자의 가족으로서 기부금도 잊지 않았다. 기부금을 내는 순간 스텝진의 눈빛이 빛나는 순간도 놓치지 않았다. 극의 내용도 집에 와서 줄줄 읊는다. 한 시간짜리 공연을 보면 두 시간을 읊을 수 있는 기쁨이다. 아우라의 목소리가 예전처럼 활기가 돌아왔다. 나와 마주친 눈에서 다시 꿀이 보인다. 저 꿀은 영원히 흐르는 샘과 같다. 샘이 마르면 더 샘이 아니듯이 아우라의 눈에서 꿀이 흘러야 아우라의 눈이다. 나와 레옹도 마음을 놓으며 그루밍에 집중한다. 5일째 되던 날 내일 퇴원하라는 문자를 받았다. 그 말을 듣자마자 기쁨이는 퇴원하는 바쁨이를 위해 현수막 선물을 주문한다.

사랑하는 바쁨쓰
장염 완쾌를 축하합니다.
술은 작작 마시고

이런 문구가 박혀 있는 현수막이 거실에 걸렸다. 바(쁨이)심저격이다. 현수막의 윗줄은 기쁨이가, 아랫줄 문구는 아우라가 정했다. 이번엔 말로 하는 잔소리 대신 현수막으로 짧고 굵게 하기로 마음먹었다. 바쁨이의 사진도 넣어서 입간판으로 하자는 아우라의 의견은 과유불급이라는 기쁨이의 한마디로 잘렸다.

퇴원하고 집으로 돌아왔다. 바쁨이는 거실 벽 현수막을 보고 살짝 놀란다. 기분 나쁜 놀람은 아니다. 바쁨이는 현수막 사진을 찍기에 바쁘다. 나는 그 현수막을 잡아당기고 싶어 소파 등을 밟고 올라갔다. 몸을 현수막을 향해 최대한 늘렸다. 현수막이 발톱에 잡힌다. 현수막이 떨어질 듯하다. 바쁨이는 이 순간을 놓치지 않는다. 찰칵하고 사진을 찍는다. 아우라는 벽에서 떨어진 현수막을 더 높이 붙인다. 바쁨이는 오자마자 달달한 도넛이 먹고 싶단다. 바쁨이는 먹기 전에 꼭 기쁨이에게 너도 먹고 싶냐고 꼭 묻는다. 도넛은 기쁨이가 가장 좋아하는 간식이다. 바쁨이는 기(쁨이)심저격을 하고 싶은 거다. 아우라는 아직 도넛을 먹일 생각은 하나도 없기에 아직은 안 될 거야 하고 생각했지만, 입으로는 "그래, 쿠팡이츠 주문해."라고 말한다. 아우라의 뇌에서는 인지 부조화가 일어난다. 아는 것과 행동하는 것이 일치하지 않는 내적 갈등이 매번 일어난다. 맛있게 먹으면 0칼로리라는 전설이 있다. '맛있게 먹으면 또 아프진 않겠지.'라고 생각하며 애써 자기 위안을 한다. 배달되어온 도넛을 탁자 위에 두고 바쁨이는 사진을 찍기 시작한다. 해외 축구 덕후인 기쁨이와 함께 맨시티경기를 같이 본다. 바쁨이는 거실 탁자 앞에 앉아 자신의 간식을 기다리며 요염하게 앉아 있는 옹이에게도 카메라를 켠다. 바쁨이가 완전히 일상으로 돌아왔다.

10

덕후 유전자의 확장형 표현

모든 덕질은 자유로우며
그 취향과 분야에 있어서 평등하다.

기쁨이와 바쁨이는 같은 카테고리다

몸이 따뜻하다. 낮잠을 자는 시간이 행복하다. 냉장고에서 간헐적으로 나는 백색소음이 마음을 편하게 한다. 아우라가 저녁을 준비한다고 냉장고 문을 열지 않았다면 그 위에서 아마 계속 잤을 것이다. 잠이 깼다. 아마 기쁨이를 위해 죽을 끓일 모양이다. 장염이 바쁨이에게서 기쁨이에게로 전염되었다. 바쁨이의 입원 다음 날 새벽에 기쁨이가 토를 했다. 의사는 바쁨이와 기쁨이가 같은 카테고리라고 표현했다. 장염약을 처방해준 거로 봐서 장염이라는 말을 그리 표현한 것 같다. 기쁨이는 의사 처방대로 그날 하루를 금식했다. 먹는 것을 좋아하는 기쁨이가 이런 단호한 면이 있다. 마음먹은 것은 꼭 하려고 하는 승부사 기질이 있다. 금식한 덕인지 더는 다른 증상은 없다. 금식 다음 날부터는 죽을 먹고 있다. 아우라는 냉장고에서 당근, 호박을 꺼낸다. 쌀을 거품기로 찰찰 씻고 냄비에 넣는다. 살짝 참기름을 두르고 볶는다. 당근과 호박을 아주 작게 사각 사각거리며 사각 썰기를 한다. 쌀을 볶은 냄비에 썬 야채를 넣고 살짝 볶는다. 물을 투하한다. 쌀이 푹 퍼질 때까지 끓인다. 우루루 끓기 시작한다. 입바람으로 호호 불며 수저로 한 입 떠서 맛을 본다. 소금을 친다. 다시 한 수저 더 떠서 맛을 보려는데 "아 뜨거!"라는 말이 반사적으로 입에서 튀어나온다. 수저로 허공에서 동심원을 그린다. 간이 적당하다. 이만하면 됐다. 야채죽을 끓이며 아우라는 싱크대를 따라 좌우로 휙휙 움직인다. 그사이 나는 냉장고 위에서 아우라를 따라 시선을 좌우로 움직인다. 그리고 한숨 잤으니 이제 아래로 내려가서 캣휠을 타기 시작했다.

이기적인 덕후 유전자

기쁨이의 퇴원 후 바쁨이와 기쁨이는 오랜만에 둘 다 거실에서 시간을 같이 보낸다. TV를 켜고 이리저리 채널을 돌리다 뮤지컬을 보자고 합의한다. 바쁨이는 뮤덕이다. 연극이나 뮤지컬 공연을 너무 애정하는 아이이다. 중학교 때는 성시경에게 빠져 3년간 연대 노천극장에서 하는 축제 공연을 보러 갔다. 어느 핸가는 우비를 입고 억수로 내리는 비를 맞으며 공연을 본 적도 있다. 속옷까지 다 젖어도 마냥 행복해했다. 나중에 성시경이 감사의 뜻으로 세탁비를 공연 관람자에게 모두 보내줬다. 하늘색 슈트 정장을 입은 성시경이 바로 눈앞까지 와서 노래하던 해도 있었다. 기쁨이는 성시경의 멋있음에 기절할 뻔했다. 달콤한 목소리며 훤칠한 키며…. 6천 석의 자리는 여자들과 밥의 콩처럼 여친에게 끌려온 소수의 남친들로 꽉 찼다. 6천이 한목소리를 내던 순간은 감동 그 자체다. 고등학교 때는 올림픽 공원에서 하는 재즈 공연을 본다고 종일 올림픽 경기장에 앉아 있기도 했다. 옆에 앉아서 같이 공연을 보던 아우라는 속이 터져 죽을 뻔했다. 고3 때는 뮤지컬을 보러 블루스퀘어와 샤롯데 씨어터를 종종 다녔다. 대학 가서는 영어, 수

학 과외 3개로 번 모든 돈을 뮤지컬 보는 데 바쳤다. 혜화동과 충무로에서 거의 살았을 정도다. 세상에 같은 공연은 없다며 같은 제목의 공연을 회차를 달리하여 5번 이상 보는 기염을 토하기도 했다. 덕분에 아우라, 관종이, 기쁨이가 뮤지컬에 입덕을 하게 되기도 했다. 바쁨이가 연극동아리 '극 Society'에 속해 있는 건 필연이다. 바쁨이는 덕후 유전자를 아우라에게서 받았다고 주장한다. 아우라는 여러 방면에 관심이 많고 한 번 꽂히면 깊게 파는 스타일이다. 뭐든 재미가 없어질 때까지 해보는 스타일이다. 수영, 배드민턴, 테니스, 요가, 필라테스는 이젠 접었고, 명상과 기체조는 10년 넘게 했다. 요즘엔 달리기에 빠져서 아침마다 달리고 들어온다. 지난 3월에 올림픽공원에서부터 출발한 10킬로미터 마라톤대회에서의 완주 경험은 8차선 도로 위에서 달린 최초의 경험이었다. 한강 여의도 공원에서의 대회는 비를 맞으며 10킬로미터를 달린 최초의 경험이었다. 날이 좋으면 좋은 대로, 장소가 좋으면 좋은 대로 마라톤은 그 무엇이든 최초의 경험을 하게 하는 매력이 있다. 아우라가 바쁨이에게 물려준 덕후 유전자가 이기적으로 살아남으려고 애를 쓰는 것 같다.

바쁨이 덕후 유전자

그 유전자는 기쁨이에게도 있다. 기쁨이는 해축(EPL 축구) 덕후다. 축구를 하는 곳이면 어느 곳이든 찾아갈 기세다. 해외 축구를 본다고 밤도 많이 새우기도 했다. 축구만이 삶의 빛이라고 할 정도다. 경기를 보면 골인이냐 아니냐만 보는 아우라와 달리 선수 명단을 다 암기하고 있을 뿐 아니라 전술도 본다. 축구를 볼 때는 딴사람이 된 것처럼 에너지가 넘친다. 기쁨이는 7월에 내한하는 유럽의 맨시티와 아틀랜티코 마드리드 팀을 손꼽아 기다렸다. 누가 보면 집 나간 아들이라도 오는 줄 알았을 정도였다. 아틀랜티코 마드리드와 국내 팀 간의 경기, 맨시티와 아틀랜티코 마드리드 간의 축구 경기를 보기 위해 온 가족의 표를 예매했다. 예매하는 날에는 아침부터 일찍 일어나서 목욕재계하고 정갈한 마음으로 노트북을 열었다. 떨리는 마음으로 예매가 열리는 오후 1시를 네이비즘 서버 시간에 등록했다. 알람과 함께 예매를 위해 자판을 두드리는 속도가 옹이 녀석이 빙어를 낚아채고 사라지는 속도 이상이다. 눈은 노트북에 초집중 되어 있고 귀에는 어떤 소리도 들리지 않는다. 로그인하고 예매를 하기 위해 세 번의 새로고침을 했다. 그 시간은 자신과의 싸움의 시간이었다. 나는 할 수 있다는 무한한 긍정의 마음으로 기다린다. 대기 순서가 3만 번대로 나온다. 상암 경기장이 6만 석이다. 결국 이틀에 걸쳐 각각 5장의 티켓팅에 성공했다.

뮤덕과 축덕은 이 집에 나비효과를 일으켰다. 뮤지컬이라고는 1도 모르던 아우라가 뮤지컬을 보기 시작한 것이다. 베토벤을 세 번이나 봤다. 나오는 주연에 따라 다른 뮤지컬이라고 하는 이유를 깨달았다. 예술의 전당에서는 베토벤 관람 후 밤 11시가 다 되어가는 시간임에도 배우들의 퇴근길을 찾기도 했다. 배우를 기다리는 수많은 사람 틈에서 발을 세우고 먼발치에서 카이와 인사를 나누기도 했다. 상암 월드컵 경기장에서 맨시티와 아틀랜티코 마드리드 간의 축구 경기를 온 가족이 같이 봤다. 갑자기 비가 와서 비를 쫄딱 맞았지만, 유럽 팀 경기를 눈앞에서 본다는 사실에 옷 따위가 젖는 건 문제가 되지 않았다. 비가 멈추지 않을까 봐 걱정까지 한 건 옷 때문이 아니라 경기가 취소될까 봐서였다. 폭우로 인해 경기가 40분가량 지연된 것을 시원하게 경기를 볼 수 있는 계기로 받아들이는 덕후의 아량을 베풀게도 되었다. 온 식구가 같이 식사를 하는 시간에는 축구 이야기가 빠지지 않는다. 덕배란 이름이 영국 축구 선수 데브라이너를 가리킨다는 것도 알게 되었다. 상암 월드컵 경기장에서 마시는 맥주 맛도 알게 되었다. 기쁨이 덕에 바쁨이도 축구에 입문하게 되었고, 기쁨이도 바쁨이 덕에 뮤지컬을 보고 최재림 배우를 잠시 사랑한 적도 있다. 오늘 저녁도 기쁨이와 바쁨이는 거실에서 자신들이 좋아하는 뮤지컬 넘버를 서로 추천하며 같이 듣다가 마지막에는 해축 영상을 보다 잠들 것이다. 기쁨이와 바쁨이 둘은 서로에게 마치 퍼즐의 마지막 한 조각처럼 서로에게 필요한 소식을 알려준다. 퍼즐이 다 완성되었다고 해도 어느 부분, 한 조각이라도 없으면 덜 완성된 것처럼 서로가 서로에게 보이는 사소한 관심이 절대적이다. 크면 큰 대로 작으면 작은 대로 서로의 한 부분이 서로에게 스며드는 것 같다.

덕후 유전자의 확장형 표현

이들의 덕후 유전자가 나에게도 확장된 게 분명하다. 한때는 전사놀이를 밤마다 했다. 그 놀이는 나의 다리 근육을 많이 강화했다. 좌우로 흔들리는 깃털은 나의 순발력과 집중력에 많은 도움이 되었다. 나의 야생성을 유지하는 데 좋은 운동이다. 하지만 더는 나에게 그 놀이는 효과적이지 않았다. 다른 놀이를 찾았다. 냉장고 위에서 거실 바닥까지 뛰는 놀이를 많이 했다. 덕분에 점프력과 착지력이 많이 좋아졌다. 이 놀이는 정말 흥미롭다. 온 가족의 안절부절못하는 눈빛을 뒤로하고 꼬리를 높게 세우고 유유히 사라지는 멋진 모습을 연출할 수가 있었다. 그다음엔 집안의 벽지를 스크래치 내는 것에 흥미를 느꼈다. 집안을 둘러보면 거실에도, 안방에도, 기쁨이 방에도 띠 벽지처럼 스크래치 방지 벽지가 둘러 있다. 그것도 어느 정도 하니 흥미를 잃었다. 아우라가 그 벽지를 새로 붙이느라 꽤 고생했다. 지금은 추억의 놀이로 남아 있다. 최근엔 캣휠 타기를 즐기고 있다. 고양이는 성묘가 되면 아기 고양이 때와 달리 움직임이 줄어들어 활동량을 늘리는 일이 중요하다. 기쁨이와 같이 하는 전사놀이에 싫증이 나던 차에 캣휠이 들어왔다. 움직임이 줄어들어 비만을 염려하며 다이어트 식사를 하는 중이기도 했다. 캣휠 덕에 일상에서 운동이 차지하는 비중이 많이 높아졌다. 그전에는 캣타워에서 내려오면 마땅히 움직일 거리가 없어서 무료했다. 이젠 캣휠로 옮겨가서 달릴 수 있다. 캣휠에도 스크래쳐가 있어 발톱을 갈 수도 있고 쉴 수도 있다. 체력이 많이 소모된다. 물론 처음부터 잘 탄 건 아니다. 처음엔 같이 온 상자가 커서 그 안에서 노는 게 좋았다. 휠은 위로 올라가는 게 아니라 앞으로 달려야 해서 무서웠다. 자주 그 근처에 가서 냄새를 맡고 놀면서 차츰 적응했다. 그러다 올라가서 한 발 두 발 걷게 되었다. 자연스럽게 점점 걷는 속도가 빨라지면서 뛰는 일이 그리 어렵지 않게 된 것이다. 매일매일 캣휠에서 뛰는 건 나의 중요한 루틴이 되었다. 이젠 없으면 안 된다. 난 캣휠 덕후다. 옹이 녀석은 아직도 캣휠을 무서워하고 스트레스를 받는 것 같다. 발톱으로 살살 만지다 조금이라도 움직이면 줄행랑을 친다. 좀 더 적응훈련이 필요하다. 시간이 필요하다. 급하게 옹이를 들어서 캣휠에 앉히거나 움직이게 했다간 캣휠과 영원히 멀어질 수 있다. 빙어를 좋아하는 녀석이니 빙어를 휠에 놓으면 그거 먹느라 올라탈 수도 있겠다. 옹이 녀석은 고양이 타워에서 냉장고로 건너가기 놀이를 하고 있다. 아슬아슬하지만 의욕을 불태울 수 있다. 덕질은 삶을 풍요롭게 한다.

11

관계의 조합의 수는 무한하다

모든 관계의 시작은 관심이고 관계의 끝은 무관심이다

피나치공의 시간

몸이 무겁다. 집사들은 어제저녁 늦은 시간까지 영화를 보며 맥주와 피나치공(피자나라 치킨 공주)에서 주문한 피자와 치킨을 먹었다. 토요일 저녁이라 모두 영화를 보느라 새벽이 다 되어서 잠자리에 들었다. 집사들이 거실에서 놀 때는 나도, 레옹도 빠질 순 없다. 옹이와 나는 거실에서 TV 앞을 유유히 거닌다. 나와 옹이가 화면을 막아도 아무도 잔소리를 하지 않는다. 오히려 나의 걸음걸이가 멋있고 당당하다며 집사들의 관심이 눈앞에서 보던 영화에서 나에게로 쏠릴 뿐이다. 바쁨이는 휴대폰으로 나를 찍기에 바쁘다. 소파 위로 올라가서 기쁨이의 다리에 몸을 뉘기도 한다. 기쁨이는 나의 애정 행각에 기뻐한다. 바쁨이와 아우라는 부러운 듯이 나와 기쁨이를 바라본다.

집사들과 같이 시간을 보내느라 나도 덩달아 밤샌 느낌이다. 나와 옹이 녀석은 새벽녘부터 피곤이 확 몰려와서 동그란 원형 스크래쳐에서 얼굴만 내밀고 쉬고 있다. 온몸의 힘을 쭉 뺀 채로 고개만 내밀고 있다. 눈은 거의 감길 듯이 일자다. 입은 중력으로 인해 저절로 다물어졌다. 목은 원형 스크래쳐에 걸쳐져 있어 누가 보면 목뼈가 없는 줄 알 정도이다. 정신 줄을 완전히 놓고 온몸의 세포에서 긴장이 빠진 모습이다. 이럴 때 옹이와 나를 보면 바보 같다. 멍하다 못해 맹하다. 옹이와 나의 몸은 그 경계를 서로 구분할 수가 없다. 아니 태극무늬의 빨강과 파랑의 물결 조합처럼, 음양이 완벽히 조화를 이룬 듯이 정확히 두 몸이 한 치의 빈틈도 없이 완벽하게 붙어 있다. 연체동물이라 해도 의심치 못할 정도로 몸은 흐느적거린다. 이 좁디좁은 원형 스크래쳐에 옹이 녀석과 둘이 같이 있다는 게 믿기지 않을 정도이다.

지금은 아침 7시이다

관종이가 안방에서 나와서 나와 옹이 녀석의 음식을 준비한다. 일요일에도 정확히 7시에 일어난다. 늦잠을 자는 법이 없다. 칸트의 환생을 보는 듯하다. 칸트가 산책하면 마을 사람들이 시계를 맞췄다고 한다. 물론 책을 읽느라 시간을 어긴 적이 한 번 있는데 그때 읽은 책은 『에밀』이다. 관종이의 별명은 자칭 칸트의 시계다. 성실형 인간이다. 성실형이 이기적 유전자의 생존에 유리하다는 말과는 상관없이 AI처럼 기계적으로 성실하다. 그러니 지금은 7시다. 내가 이 집에 온 뒤로 변함이 없다. 사실 관종이는 술을 좋아한다. 밤늦게 마시고 와서 코를 골며 자다 침대에서 떨어진 날도 변함없이 이 시간에 일어난다. 일요일 아침에 일어나서 나와 옹이 녀석의 식사를 준비하고 물을 주는 건 관종이의 루틴이다. 관종이는 부엌으로 간다. 김치찌개를 끓인다. 냉장고에 김치를 꺼내고 가위로 툭툭 자른다. 돼지고기를 꺼내서 달궈진 냄비에 툭 넣는다. 자른 김치와 돼지고기를 살짝 볶고 물을 넣고 푹 끓인다. 마지막에 파를 툭툭 썰어 넣는다. 고등어도 굽는다. 냉동실에서 고등어를 꺼내고 종이 호일로 감싼 후 후라이 팬에서 굽는다. 마지막으로 밥솥을 열고 밥이 있는지 확인한다. 없으면 쌀을 씻고 전기밥솥에 밥을 안친다. 나와 레옹에게 다 구워진 고등어 한쪽을 선심 쓰듯 준다. 관종이는 생선을 굽는 날이면 나와 옹이 녀석을 위해 한 토막을 내어 준다. 그 맛이 일품이다. 짭조름하다. 오래 씹으면 단맛이 난다. 비릿한 맛이 일품이다. 등푸른생선은 우리의 면역계와 염증성 질환이나 위장 질환에 좋다. 비타민D가 풍부해서 뼈를 튼튼하게 하고, 셀레늄과 타우린이 풍부해 인지 능력 향상에 도움을 준다. 구운 고등어는 주말 아침마다 먹는 별식이다. 이제 관종이는 TV를 본다. 골프다. 화면에 보이는 선수가 하는 스윙을 따라 한다. 거실에서 골프채를 휘두르는 대신 상상 훈련을 한다. 상상 훈련도 실제 훈련과 같은 효과를 낸다고 주장하며 살며시 눈을 감는다. 졸고 있는지도 모른다.

아우라의 달리기

아우라가 눈을 비비며 거실로 나온다. 평소라면 잠이 깨기 전에 밖으로 나가서 뛰었을 것이다. 오늘은 어젯밤에 먹은 간식과 수다로 피곤하다. 달리기하러 나갈까 말까 잠시 망설인다. '그럼에도 불구하고', '그래서', '그래도'라는 접속사 중 무엇을 선택할지 여러 가지 조합으로 문장을 만들어 본다. '그럼에도 불구하고 달린다.'라는 이 문장은 비장한 느낌이 든다. '그래도 달린다.'로 바꿔봤다. 이 문장은 무거운 느낌이 든다. '그래서 잠을 더 잤다.'라는 문장으로 바꿔본다. 이 문장은 패배적인 느낌이다. '그래서'를 그냥 둔 채로 서술어를 '달린다'로 바꾼다. 그랬더니 '그래서 달린다.'가 된다. 이 문장을 기본으로 하고 '피곤하다.'라는 문장을 그 앞에 슬쩍 넣는다. '피곤하다. 그래서 달린다.'라는 문장이 완성되었다. 엣지가 있다. 꽤 멋있다. '운동하기 귀찮다. 그래서 달린다.'라는 문장도 꽤 괜찮다. 역설적인 문장이 꽤 설득력이 있다. 생각도 힘을 주지만, 문장이 주는 힘이 있다고 생각한다. 아디다스 추리닝을 위, 아래로 입고 현관문을 열고 나간다. 아우라는 아디다스를 좋아한다. 아디다스는 왠지 입는 사람의 개성보다 아디다스라는 이미지가 더 도드라져서, 개별자로서의 아우라는 없어지고 아디다스라는 상표만 남는 느낌이 들어서 좋다. 자신이 자신이어서 좋을 때도 있지만, 또 다른 개념으로 자신을 덮어씌우는 것도 나쁘지 않다고 생각한다. 아우라는 나와 레옹에게 운동하고 온다며 손을 화이팅이라고 불끈 쥐며 나간다.

유전자의 힘

바쁨이와 기쁨이가 각각 자신의 방에서 거실로 나온다. 나오자마자 바쁨이는 나에게 애교 섞인 목소리로 "잘자쪄요?"라며 대답을 요구하지 하지 않는 질문을 한다. 나와 레옹은 그 말을 무시하고 계속 존다. 기쁨이가 옹이 녀석을 들어 올린다. 녀석은 기쁨이의 손에서 축 늘어진다. 기쁨이는 소파에 누워서 배에 옹이 녀석을 올려놓는다. 녀석은 귀찮아하며 내려온다. 다 같이 아침을 먹는다. 이들 관종이와, 기쁨이, 바쁨이는 누구나 한 번만 딱 본 사람이라도 같은 유전자를 가졌다는 것을 알 수 있다. 우선 셋은 뒤통수 모양이 같다. 뒤짱구다. 톡하고 튀어나왔다. 크기만 조금 다를 뿐 짱구다. 모르는 사람은 어릴 때 잠을 많이 안 자서 혹은 짱구 베개를 써서 머리가 짱구가 된 줄 안다. 아니다. 기쁨이와 바쁨이는 뒤통수를 베개에 대고 잠을 굉장히 많이 잤고, 짱구 베개는 써본 적도 없다. 유전자의 힘이다. 셋 다 눈이 크다. 셋을 쳐다보다가 다른 사람을 보면 눈을 아직 다 안 떴나 싶은 생각이 들 때가 있다. 셋은 음식 성향도 비슷하다. 육식 마니아다. 생선과 채식을 주로 하는 아우라와 달리 고기를 너무 좋아한다.

식사를 마치고 아우라, 바쁨이, 기쁨이는 다시 잠을 자러 간다. 관종이는 설거지한다. 설거지에 앞서 우선 그릇 건조대에 빈자리를 미리 만든다. 접시를 장에 올려서 차곡차곡 쌓는다. 사각 유리통은 싱크대의 선반 장에 차곡차곡 쌓는다. 물론 선반의 정렬된 코스모스의 세계는 카오스도 코스모스라 주장하는 아우라에 의해 곧 무너진다. 이제 귀에 이어폰을 귀에 꽂는다. 유튜브의 주식 채널을 듣기 시작한다. 수세미에 퐁퐁을 두 번 펌핑 해서 묻히고 접시를 하나씩 닦는다. 한쪽에 거품 묻은 그릇들을 쭉 쌓아 놓는다. 이제 수세미를 수세미 거치대에 놓고 미지근한 물로 거품을 씻어낸다. 하나씩 하나씩 그릇 건조대에 쌓아 올린다. 서두르는 법이 없다. 일정한 속도로 일을 한다. 한 번에 단 하나의 일만 한다.

네 명의 가족이 각각의 색깔이 다르듯이 이들이 나와 레옹을 대하는 방식도 제각각이다. 이들 4명의 가족이 서로 만드는 관계의 조합은 많다. 아우라 입장에서는 관종이,

바쁨이, 기쁨이와의 관계에서 발현되는 자신의 특성이 다르다. 관종이 입장에서 아우라, 기쁨이, 바쁨이와 만들어내는 관계 또한 서로 온도가 다르다. 거기에 그들과 나와 레옹이 만들어내는 관계의 조합은 수없이 많다. 나를 중심으로 봐도 관종이, 아우라, 기쁨이, 바쁨이와의 관계가 있다. 레옹이를 중심으로 한 관종이, 아우라, 기쁨이, 바쁨이와의 관계가 있다. 나와 레옹이 함께하는 관종이, 아우라, 기쁨이, 바쁨이와의 관계도 있다. 관계마다 뭔가 분위기도 다르고 요구사항도 다르다. 조용하지만 복잡하고, 복잡하지만 단순하다. 각 관계가 만들어내는 분위기도 색깔도 제각각이다. 그 관계 속에서 서로 자신을 표현하고, 서로 영향을 주고받으며 삶을 공유한다.

제2부

거인의 시선으로 세상을 바라보다

– 고양이의 교양

1

목적이 이끄는 삶

'왜 태어났는가'라는 질문보다
'무엇을 위해 사는가'라고 질문하라.

집냥이와 길냥이

우리 고양이들에게 어떤 삶이 유토피아이고, 어떤 삶이 디스토피아이냐는 질문은 어렵다. 고양이들의 삶은 크게 두 가지다. 인간들의 보필을 선택한 삶과 자유로운 삶을 선택한 삶이 바로 그것이다. 전자의 경우 인간들이 집냥이라 부르고 후자를 길냥이라 부른다. 나는 이제 평생을 이 노므 집구석에서 만만한 집사들과 집냥이로서 생을 이어나가야 한다. 중요한 건 우리의 삶의 목적이 무엇인지 성찰을 하는 것이다. 나의 삶의 목적은 의식의 진화에 있다.

나의 행복을 넘어 우리의 행복을 추구한다. 우리의 행복을 넘어 인간과의 공존을 꿈꾼다. 너 나아가 인류와 생태계 전체의 행복을 꿈꾼다. 여기서 더 나아가 우주적 차원에서의 행복과 영원을 꿈꾼다. 고양이 펠리세트는 우주에서 10분간 비행하며 행복의 비밀과 생명의 기원에 대한 사색을 했다. 나 자신에게서 인류로, 인류에서 생명으로, 생명에서 온 우주로 확장되는 의식의 고양을 성취했다. 의식의 수준이 우주적 수준으로 진화한 것이다. 나는 우주 안에서 모두와 친구가 되는 그런 고양이를 꿈꾼다. 북극 원정대의 일원이었던 미세스 치피는 빙하와 지구 환경에 대해 사색을 했다. 지구의 온도가 올라가면 빙하가 녹고, 빙하가 녹으면 지구의 수면이 올라가는 것임을 간파하고 인간들에게 환경 파괴의 위험에 대해 경고를 했다. 난 이렇게 의식이 진화되어서 지구와 인류, 인간과 우주에 영원한 생명을 부여하는 고양이가 되는 것을 생의 목적으로 삼고 있다. 나의 의식은 거듭해서 진화하고 있다. 다른 고양이들과 인간들의 의식을 고양하기 위해 나는 나의 생을 바칠 것이다.

그런데 대부분 고양이의 삶의 목적은 안락함 또는 편안함 그 자체이다. 더 높은 곳을 향하여 날아가려고 하지 않는 삶이다. 더 멀리 보려고 애쓰지 않아도 되는 삶이다. 그렇기에 이들이 누리고 있는 이 편안하고 안락한 환경은 과연 유토피아인지 회의하게 된다. 날마다 규칙적으로 주어지는 식사와 깨끗한 물, 그리고 적당한 운동과 집사들의 적극적인 애정 공세와 돌봄은 우리를 안락함과 편안함에 이르게 한다. 하지만 의식의 고양에 이르게 하지는 못한다. 우리의 발톱은 주기적으로 깎인다. 우리의 볼 수 있는 능력과 들을 수 있는 능력도 점점 쇠퇴한다. 사냥 능력도 점점 쇠퇴해간다. 그럼에도 불구하고 우리는 의식의 진화를 위해 항상 깨어 있음을 자각해야 한다. 잊어버리면 안 된다.

심바를 만나다

아침마다 기쁨이는 가방을 메고 외출을 한다. 가방 안에는 고양이가 먹는 식사와 물이 가득 차 있다. 근데 돌아올 때는 꼭 낯선 놈의 체취가 느껴지는 거다. 뭐하러 다니는지 가만히 기쁨이에게 주파수를 맞췄다. 심바란 놈을 만나고 오는 길이다. 국사봉 자락이다. 놀이터가 있고 약수터가 있다. 미자와 기쁨이가 코맹맹이 소리로 심바를 부른다. “심바~~.”, “심바~~.” 하고 부른다. 어디선가 놈과 일행이 날아온다. 아주 날쌔다. 용맹하다. 이런 날쌤이 진정 고양이의 모습이다. 눈은 살아 있다. 몸짓은 날렵하다. 하지만 미자와 기쁨이 앞에서는 아기가 된다. 놈은 애인을 만난 양 앞구르기와 뒤구르기를 하느라 정신이 없다. 지켜보는 미자와 기쁨이의 얼굴에 미소가 번진다. 기쁨이는 심바의 집을 살핀다. 어제저녁은 상당히 추웠다. 기쁨이가 집안에 핫팩을 잔뜩 붙여놓은 탓에 미열이 아직 남아 있다. 가방에서 새 핫팩을 꺼내 집 안쪽을 샅샅이 빈틈없이 붙인다. 근데 안쪽에 물컹한 게 느껴진다. 못 보던 치즈 고양이다. 이 치즈가 심바 집을 접수했나 고개를 숙여 확인하려는 순간에 심바가 몸을 비집고 들어온다. 오호라 심바의 새 친구인가보다. 심바는 치즈를 데리고 다정하게 밖으로 나온다 둘이서 앞서거니 뒤서거니 하면서 약수터를 뛰어다닌다. 추위도 모르고 뛰는 모습에서 야생 본연의 호연지기가 느껴진다. 자유로움의 느껴진다. 기쁨이는 심바와 치즈의 식기를 깨끗이 닦고 식사와 깨끗한 물을 다시 부어준다.

미자와 심바의 인연은 4년 전부터 시작되었다. 미자의

전공은 수학이지만 하는 일은 전공과 관련 없는 동사무소 직원이다. 국사봉을 거쳐 일터로 출퇴근하다 심바를 만나며 묘연이 시작되었다. 그때부터 음식과 물을 매일 주고 있다. 기쁨이는 미자의 일을 돕고 있다. 둘은 친구다. 미자는 동사무소에서 일하다 최근 퇴직을 했다. 기쁨이는 관악 쉼터에서 잠시 봉사활동을 한 적이 있는데 그때 미자가 쉼터 고양이를 임보를 한 적이 있었다. 기쁨이가 임보할 고양이를 미자에게 전달하면서 둘은 친해졌다. 당시 임보하던 고양이는 구내염에 걸린 상태였고 치료하느라 비용도 꽤 들었다. 미자는 크게 개의치 않았다. 그 고양이는 치료 후 입양이 되었다. 미자의 소개로 심바를 알게 된 기쁨이는 심바를 이 노므 집구석으로 데리고 오고 싶어 했다. 그래가 오기 전의 일이다. 그런데 미자가 만류했다. 심바는 이 약수터의 공공재라는 게 첫 번째 이유였고 두 번째는 놈은 산을 뛰어다니며 자유로운 삶을 살던 아이라 집이라는 곳이 맞지 않는다는 것이었다. 어느 한 집에 묶여서 집사의 보필을 받는 편안하고 안락한 삶이 꼭 행복이라고 볼 수 없다는 게 미자의 입장이었다. 물론 심바가 더 나이가 들어서 이 약수터에서 자신의 영역을 지키기가 어려운 나이가 되면 자신의 집으로 데리고 올 심산이긴 하다.

까마귀의 자유

집사의 보필을 받으며 사는 고양이는 18년 정도를 살고 야생에 사는 고양이는 수명이 그에 비하면 아주 짧다. 건강관리나 안전 면 그리고 식사의 질에서도 차이가 난다. 근데 어떤 삶이 우리 고양이에게 유토피아인지 모르겠다. 내일이 어제와 같아서 변화가 없는 존재는 너무 무기력한 존재이다. 아침에 눈을 떴을 때와 밤에 잠을 잘 때가 똑같은 존재는 이미 죽은 것이나 다름없다. 매 시간 다른 사색과 다른 경험을 하고, 매일매일 어제보다 나은 삶을 계획하고 성장해야 한다. 고양이는 야생의 풀잎 냄새와 진한 흙냄새를 좋아한다. 저기 홀로 날아가는 까마귀의 자유를 소망한다. 고양이를 보고 까르르 웃는 어린아이의 웃음소리가 우리의 희망이다. 바람을 가르며 산을 오르는 우리의 날쌘 몸놀림에서 자유를 느낀다. 도토리를 줍는 다람쥐가 고양이의 벗이다. 바람과 하늘과 별과 시가 고양이의 친구다. 항상 우리의 의식이 깨어 있어야 한다. 산다는 것의 의미와 목적을 찾아야 한다. 그게 결여된 삶은 곧 디스토피아가 된다. 살아도 살아 있는 것이 아니다. 그냥 생존할 뿐이다. 어디에서 살건 우리의 의식의 고양을 향해 한발 나아갈 때 그곳은 우리의 유토피아가 될 것이다.

2

참된 소유는 무소유를 소유하는 것이다

버리고 비워야 새것이 들어선다.

옷장 놀이터

자다가 일어났다. 베란다 밖이 어둡다. 늦은 밤이다. 슬슬 거실로 나가려는 참이다. 현관 밖에서 빠른 속도로 번호 키를 누르는 소리가 들린다. 삐삐삐삐삐삐삐삐. 모두 8자리다. 저 속도로 번호를 누르는 자는 바쁨이다. 방으로 쿵쾅거리며 들어가면서 아우라에게 말을 한다. "방의 옷을 좀 치워야겠어요. 방이 정리가 안 돼요. 이참에 버릴 건 버리려고요."라며 지나가는데 발소리가 크다. 층간 소음이 날 수도 있다. 낮에는 괜찮지만, 저녁에는 좀 조용히 걸어야 한다는 걸 또 깜박한 것 같다. 사실 우리 고양이들은 밤에 우당탕을 할 때도 층간 소음을 내지 않는다. 그 비결은 우리의 발바닥에 있는 패드 덕이다. 일명 발바닥 젤리다. 지방으로 되어 있는 이 패드 덕에 우리는 소리를 내지 않고 움직일 수 있다. 사뿐사뿐 걸을 수 있다. 요즘 아우라는 족저근막염인지 걸을 때마다 발바닥 통증을 느끼고 있다. 발바닥 패드 같은 성질의 깔창이 있는 신발이 나오길 기다리고 있다. 아마 그런 신발이라면 대박을 터트릴 것이다. 인간에게는 이런 젤리가 없다. 걸을 때 신경 쓸 일이 많다. 바쁨이는 항상 무거운 배낭을 메고 다닌다. 책이며 노트북이며 들고 다닐 게 많다. 자기 몸무게의 반을 넣고 다니는 것 같다. 하루가 계획으로 꽉 차 있어서 항상 다음 일을 생각하기에 바쁘게 움직일 수밖에 없다. 그래서 발소리에 주의를 못 기울이는 거다. 아우라가 말한다. "좀 살살 걸으면 좋겠어." 바쁨이는 볼멘소리로 "네."라고 대답을 한다.

바쁨이의 옷장은 옷으로 가득 차 있다. 옷장이니 옷이 있을 수밖에 없지만, 제대로 입고자 하는 옷을 찾기도 힘들 게 켜켜이 쌓여 있다. 청바지도 비슷한 색깔이지만 다른 색깔이라며 진청색, 연청색, 물 많이 빠진 청, 물 덜 빠진 청, 얼룩덜룩 청 등 여러 벌이다. 청바지의 모양도 다 다른 모양이다. 부츠 컷, 와이드 핏, 슬림 핏 등등 여러 벌이다. 브랜드마다 또 다르다며 스파오, 자라, 에잇세컨즈, 강남역 스트릿 패션 등 여러 벌이다. 또 두께가 다르다며 겨울 청, 여름 청, 하늘하늘 청, 기모 청등 많기도 많다. '청바지' 하나로 대신하는 아우라와는 다른 인류다. 옷걸이에도 비슷비슷한 옷들이 즐비하게 걸려 있다. 검은색 후드티, 쥐색 후드티, 회색 후드티, 초록 후드티, 연초록 후드티가 쭉 걸려있다. 침대 모서리에 걸린 옷걸이에도 옷이 널려 있다. 과 티, 과 잠, 과 롱패딩이 계절별로 걸려 있다.

며칠 전에 부엌 베란다를 통해 창문을 넘어 바쁨이의 방으로 들어간 적이 있다. 사실 그때 난 바쁨이의 옷장에 들어갔다가 바쁨이의 방 가운데로 나오는 길을 못 찾았다. 일단 수북이 쌓인 옷들 사이에 들어가니 몸을 밀착하기엔 좋았다. 한참을 옷들 속에서 놀다 그만 옷장 밖으로 나오고 싶은데 도통 길을 못 찾겠는 거다. 레옹이가 문밖에서 나를 찾는 소리가 들렸다. 그 소리를 듣고 기쁨이는 내가 여기 있다는 것을 아는 듯이 바쁨이의 방문을 열었다. 하지만 나는 옷장 밖으로 나갈 수가 없었다. 옷들에 파묻혀 나가는 길을 찾을 수가 없었다. 기쁨이는 나를 찾다가 그냥 나가 버렸다. 다시 레옹이가 나를 찾는 소리가 없었다면, 그래서 이번엔 아우라가 나를 찾아 바쁨이의 방문을 열지 않았다면 나는 그때 그 옷장 안에서 스프레이를 했을지도 모른다. 아찔한 순간이었다. 다행히도 다시 들어온 아우라가 옷장 안을 샅샅이 뒤지는 통에 그 틈을 타서 방으로 나올 수 있었다. 바쁨이는 옷장을 정리해야 한다. 우리를 위해서라도.

주황색 원피스를 벗어던지다

바쁨이는 방문을 열었다 닫았다 하며 옷을 하나씩 꺼내오며 말한다. “이것도 버리려고요.”, “이것도 버려야 할 것 같아요.” 아우라가 하나씩 꺼내지 말고 한꺼번에 상자에 넣는 게 좋겠다고 한다. 역시 아우라의 말은 짧고 굵다. 바쁨이는 베란다에서 종이 상자를 가져온다. 옷이 상자에 하나둘씩 쌓이더니 상자가 넘치기 시작한다. 아랑곳하지 않고 계속 쌓는다. 고등학교 때 입던 검정색의 후줄근한 후드티도 나온다. 작년에 홍대에서 산 손바닥만 한 내가 입기에 딱 알맞을 만한 크기의 티셔츠도 나온다. 그 와중에 기쁨이도 가세한다. 바쁨이 방에서 나온 옷을 입었다 벗었다 하며 자기에게 어울릴 만한 옷은 자기 방으로 가져와서 입어본다. 베이지색 쫄티다. 요즘 기쁨이는 쫄티에 꽂혔다. 상체에 딱 붙는 티를 사고 싶어 며칠째 벼르고 있다. 사고 싶은 옷과 비슷한 느낌의 옷이라 바쁨이 방에서 가져온 쫄티를 입고 거울로 비춰본다. 흡족해한다. 근데 저렇게 딱 붙게 입으면 갑갑하지 않은지 모르겠다. 한때 기쁨이와 바쁨이는 이뻐 보인다며 인터넷에서 내 옷을 주문해서 입힌 적이 있다. 주황색 옷이었다. 그 둘은 정말 귀엽다는 말을 반복하며 빠른 속도로 결제를 했다. 이렇게 빠르게 서로 합의를 보는 건 흔하지 않은데 말이다. 옷이 도착했다. 주황색 원피스 즉 한 조각으로 된 옷이었다. 옷에 목을 넣어서 몸통에 쏙 밀착을 시켰다. 둘은 신이 났다. 또 목에 방울을 달았다. 체크 색으로 된 줄이었다. 상상을 해봐라. 주황색 옷을 입고 체크무늬 방울을 단 고양이가 얼마나 이쁘겠는가? 하지만 그건 인간의 욕심이다. 나는 옷을 입고 방울을 단 순간 그 자리를 박차고 나갔다. 우선 스크래처를 한바탕 긁었다. 벽도 스크래치를 내고 싶었지만, 그것은 아우라 때문에 참았다. 나의 안식처인 기쁨이의 침대 아래로 들어갔다. 넓디넓은 그 공간 속에서 편안한 나만의 공간을 찾아냈다. 그루밍을 해본다. 안 된다. 내 몸에 그루밍이 안 된다. 그루밍을 하기 위해 목을 기울일 때마다 방울 소리는 너무 크다. 우리에겐 우리를 치장하는 일 따위는 필요도 하지 않은데 말이다. 갑갑했다. 나의 자유를 속박당한 느낌이 들었다. 밤새 그 옷과 방울을 몸에서 다 제거했다. 다음 날 기쁨이와 바쁨이는 다 벌거벗겨진 나를 발견했다. 다행히도 아우라가 그 옷과 방울은 아닌 거 같다고 하는 한마디로 상황은 종결되었다. 나와 레옹은 상자에 옷이 하나씩 쌓일 때마다 그 위로 오르내렸다. 더러는 입지 않고 버려지는 옷도 있는지라 아우라는 당근을 하고 싶다고 한다. 점점 바쁨이의 옷장에 공간이 생기기 시작한다. 옷장 안의 공간이 커지면서 바쁨이의 얼굴에도 희열이 감도는 것 같다.

햇빛, 달빛, 눈빛 그리고 새소리

간디의 글을 읽은 법정 스님은 자신은 가진 것이 너무 많다며 부끄럽다고 하셨다. 무소유의 철학을 갈파하셨다. 맞다. 소유는 집착을 낳고 집착은 싸움을 낳는다. 소유욕에는 끝이 없다. 소유욕은 아무리 채워도 채울 수가 없다.

불필요한 것은 채우지 않기로 결단을 해야 한다. 언제든 미련 없이 떠날 마음의 준비가 필요하다. 가진 것에 대한 집착으로 떠나야 할 때 떠나지 못하는 것은 어리석은 것이다. 필요한 건 이불과 수저 한 벌뿐이라고 하셨다. 주변의 물건과 살림살이를 들고 꼭 필요한 것인지 사색해본 것이다. 살아가는 데 꼭 필요한 것이 무엇인지 깨달은 것이다. 소유하는 것보다 소유하지 않는 것이 더 어렵다. 갖는 것보다 가지지 않는 것이 더 어렵다. 무엇인가를 갖는 것은 무언가에 집착하는 것이다. 필요 때문에 많은 물건을 가지게 되지만 결국 거기에 얽매이게 되는 것이다. 우리야말로 무소유의 표본이다. 태어날 때 나는 아무것도 갖고 오지 않았다. 살 만큼 살다 사라질 때도 결국 빈손으로 갈 것이다.

다만 내가 원하는 건 한 줌의 햇빛이다. 따사로운 햇살이 비치는 날은 한가로이 그 앞에 몸을 뉜다. 온몸의 근육이 긴장에서 벗어난다. 한가로운 어느 날 낮의 작렬하는 뜨거운 태양은 내 심장을 데운다. 온몸의 세포가 태양의 에너지를 흡수한다. 그 에너지가 나의 뇌를 거쳐, 심장을 거쳐 온몸으로 흐른다. 다시 온몸으로 태양의 에너지 흡수한다. 그 에너지가 심장의 피를 돌리고, 손발을 따뜻하게 만들고, 온몸에 생기를 부여한다. 눈이 잠긴다. 잠에 스며든다.

내가 원하는 건 한 줌의 달빛이다. 달이 떠 있다. 달빛이 내 몸과 마음에 들어온다. 내 몸과 마음을 부드럽게 감싼다. 달빛은 마치 부드러운 담요마냥 몸을 어루만지고 마음을 안아준다. 달을 쳐다본다. 달의 모양은 매일 다르다. 기쁨이가 내 발에서 깎아낸 작디작은 발톱 모양의 달로 시작해서 마치 아우라의 얼굴처럼 완벽한 동그라미의 달로 변한다. 그러한 변화에서 순환의 질서를 엿본다. 운명과 생명은 순환한다. 멈추지 않는다. 정지하지 않는다. 묘생은 계속되고 또 순환한다. 한번 행복하다고 해서 영원히 행복도 아니요. 한번 불운하다고 해서 영원히 불운이 지속하는 게 아니다. 지금 현재가 보름달처럼 차 있다면 완벽함을 즐기면 되고, 깎여진 발톱처럼 작은 달과 같은 때라면 또한 순환의 질서를 감히 거부하지 말고 여기가 끝인 듯 자신을 몰아붙이기를 중단하고 이 고통과 불운의 의미를 찾아 겸손하게 받아들이면 된다.

우리에게 필요한 건 서로를 바라보는 따뜻한 눈빛이다. 너를 소유하고 말 거라는 강렬한 눈빛이 아니다. 네가 뭐하는지를 확인하고 감시하는 불안한 눈빛이 아니다. 너의 존재 자체를 인정한다는 따뜻한 눈빛이 필요하다. 너의 있는 그대로를 수용하겠다는 감사의 눈빛이다. '너 거기 있구나!'라는 무심의 눈빛이면 더 좋겠다. 내가 곤히 잘 때 나의 배가 오르락내리락하는지 지켜보는 아우라의 눈빛도 물론 좋다.

창밖을 지나가는 새소리도 있으면 좋다. 새의 목소리가 들리면 나는 고개를 쳐들어 눈으로 그들을 쫓는다. 창공을 날다 잠시 스쳐 지나가는 새의 노랫소리는 온 우주의 소식을 전해주는 것 같다. 새들은 세상 소식을 물고 다니다 어느 날 문득 나에게 말을 건다. 잘 지내냐고 묻는다. 잘 지낸다고 대답하며 몸을 새들에게 날려본다. 물론 이놈의 방충망이 가로막혀 있다. 나와 새의 세상이 다름을 확인해줄 뿐이다. 햇빛과 달빛과 눈빛 그리고 새소리가 있으면 그만이다.

3

게임의 법칙이 변하고 있다
– 경쟁에서 공존으로

승자독식보다 지는 것이 낫다.

레옹은 벨바라기

아우라는 새벽에 일어난다. 그 새벽에 아우라는 나(벨)와 레옹이 놀고 있는 모습을 보며 흐뭇해한다. 때론 카메라를 들고 사진을 찍기도 한다. 오늘 아침 아우라는 늦잠을 잤는지 나를 본체만체하고 현관방으로 황급히 들어간다. 한참 있다 나온다. 다시 커피를 들고 들어간다. 조용조용 말소리도 들린다. 나도 따라 들어가려고 하니 문이 닫혀 있다. 책과 옷을 보관하는 방이기도 하고 아우라가 새벽 줌 스터디를 하는 곳이기도 하다. 그래서인지 이 방만큼은 나와 녀석이 출입을 못 하게 한다. 한바탕 우당탕을 한 뒤라 나는 거실 한쪽 숨숨이 집에 몸을 뉘었다. 레옹이도 나를 따라 다른 숨숨이 집에 들어간다. 녀석을 나를 잘 따라다닌다. 놀 때도, 식사할 때도 거의 나와 동선을 같이 하며 잘 따르는 편이다. 내가 걸으면 녀석도 따라 걷고, 내가 안방에 가면 녀석도 안방으로 따라온다. 밥 먹을 때도 따라온다. 녀석은 벨 바라기다.

고양이 사회화

레옹이와 나에게도 서열이 있다. 위아래가 있다. 우리에게 서열 의식은 태어난 직후 생기는 본능 같은 것이다. 한 배에서 태어난 새끼들은 어울려 뒹굴고 놀면서 함께 자라는데, 마치 엉켜 싸우는 것 같은 모습으로 비칠 때가 있다. 우린 그런 행동을 통해 다른 고양이들과 살아가는 방식을 배우게 된다. 당연히 이 과정에서 서열 의식이 생긴다. 서열은 우리 고양이 사회에서도 필수적이다. 옹이 녀석은 삼형제의 막내로 커서 그런지 처음부터 나와의 서열 경쟁에서 나의 선을 넘으려고 하지 않았다. 태어나면서 배운 것이다. 역시 어릴 때 교육이 정말 중요한 것 같다. 태어나서 엄마 아래서 어떻게 사회화를 거치느냐가 이후 자신의 성격을 형성하곤 한다. 나의 경우 엄마를 따라다니다 엄마를 잃은 후 영동대교 아래 한강 쪽에서 홀로 남는 바람에 야생에서 살아남는 법을 터득해야 했다. 거기에다 쉼터를 갔을 때 낯선 고양이들 틈에서 또한 살아남는 법을 터득해야 했다. 쉼터에는 고양이가 열대여섯 마리가 있었다. 그들 사이에 서열이 있으므로 눈치코치 다 동원해서 내가 어느 위치를 점해야 하는지 빠르게 파악해야 한다. 강자에겐 그의 권위와 권력을 인정해야 하며, 약자는 보호해야 하며 함부로 하면 안 된다. 무조건 약자 마인드나 피해의식을 가지는 것도 안 된다. 덤빌 땐 덤벼야 한다. 그 탓인지 내 성격은 유해 보이는 외모와 달리 한 성격한다. 내가 애쓰고 노력하지 않으면 단 한 끼의 식사도 마음 편하게 할 수 없다는 것을 알기에 나의 이권이나 식사에 관련된 일이면 최선을 다해 달려든다. 최선을 다해 목소리를 낸다. 최선을 다해 하악질을 한다. 반면에 녀석은 나와는 좀 다르다. 엄마가 임신한 상태에서 구조되는 바람에 녀석은 다른 형제 둘과 같이 쉼터에서 태어났다. 적어도 야생 상태는 아니었기에 음식과 물은 충분히 공급되는 상태였다. 또 다른 형제들과 같이 자라서 서열을 익히면서 고양이 사회화가 충분히 되었다. 무엇보다 아직 젖을 떼기 전에 다른 형제 둘이 먼저 입양 간 탓에 곁에 남은 녀석에 대한 엄마의 과잉보호가 있었다. 누구든 자기 자식을 건드리면 가만두지 않겠다는 의지가 엄마의 목소리와 눈빛에 감돌았다. 그 덕에 녀석은 엄마의 사랑이나 엄마의 보호 아래에서 안정된 애착 관계를 형성하며 여유 있는 성격을 가지게 되었다. 새끼들은 태어난 지 약 10일이 지나면서 눈을 뜨는데, 젖을 빠는 건 갓 태어난 새끼가 어미 몸 밖으로 빠져나오는 순간부터 시작해서 약 6주가 되기까지다. 녀석은 충분히 모유 수유가 이뤄진 거다. 한마디로 정서적으로나 물질적으로 부족함 없이 자랐다. 굳이 자신이 노력하지 않아도, 누군가에게 의지만 해도 보호받고 사랑받고 잘 살아갈 수 있는 아이로 큰 거다. 어떻게 보면 의존적이다.

레옹이란 녀석

녀석은 처음부터 나를 잘 따라다녔고 나와 서열 경쟁을 하지 않았다. 자연스럽게 우리의 서열은 정해졌다. 전에도 말했듯이 녀석은 누군가에게 적응하는 스타일이었고, 나는 누군가를 지배해야 하는 성격이다. 꽤 맞는 조합이 탄생한 것이다. 그리곤 가끔은 나를 엄마로 생각하는지 나를 빨면서 자기도 했다. 물론 내가 허락하는 한에서 말이다. 내가 하지 말라고 몸부림치면 간혹 기쁨이의 손가락을 빨기도 했다. 옹이에겐 도무지 헝그리 정신이 없다. 당최 뭔가를 치열하게 하는 게 없다. 이 아이도 MZ인가 싶을 때가 많다. 우리가 먹을 식사 준비는 기쁨이가 한다. 원래는 자유 급식이었다. 근데 어느 날부터 갑자기 제한 급식을 하는 거다. 다이어트를 한답시고 하루에 서너 번으로 제한 급식을 하게 되었다. 사실 약간 모자란 느낌이 있어서 옹이 녀석의 그릇을 몇 번 넘봤다. 어라, 이 녀석이 순순히 물러나는 거다. 심성이 착한 건가 싶기도 하고 물러 터졌나 싶기도 하다. 녀석은 배가 고프지 않나? 맞다 녀석은 배가 고파본 적이 없다. 치열해야 할 기회가 없었다. 이 성격으로 험난한 세상에서 살아남을 수 있을지 걱정스럽다.

이 노므 집구석 집사들이 다 모이는 저녁이 되었다. TV에서 나오는 소리가 BGM이 될 때가 있다. 서로 떠드느라 정신이 없다. 서로 술을 마시느라 정신이 없다. 그때 녀석은 그들이 먹는 음식이 놓인 좌식 테이블과 TV 사이에 조신한 포즈로 앉아 있다. 눈을 깜빡거린다. 집사들을 사랑한다는 제스처를 취한다. 꼬리를 안으로 말고 앉아 있다. 우리에겐 꼬리 언어가 있다. 꼬리를 안으로 만다는 건 '당신이 좋아요.'라는 의미다. 녀석을 보더니 아우라가 말한다. "혹시 옹이도 뭘 먹고 싶은가 봐. 캔 있니?" 모두가 맞는 것 같다고 하며 "귀엽다.", "사랑스러워!"를 연발한다. 기쁨이는 고양이 캔을 가지고 왔다. 식사가 아닌 간식을 주는 것이다. 정해진 시간에 주는 식사가 아니라 단지 녀석이 귀엽다는 이유로 특별식을 주는 것이다. 녀석은 배가 고픈지 한 컷에 마무리한다. 어라, 이 녀석은 아무 노력도 없이 맛있는 캔을 먹는 거다. 그냥 눈을 깜빡거리며 앉아만 있었는데 맛있는 간식이 생긴 거다. 녀석은 이런 식이다. 아우라가 소파에 앉아 있으면 아우라의 배 옆에 자신의 몸을 딱 붙여서 털썩 주저앉는다. 아우라는 목덜미를 부드럽게 쓰다듬는다. 아우라와 옹이 녀석은 서로 몸을 비빈다. 옹이의 몸은 녹아내린다. 이번엔 아우라가 빗질까지 한다. 우리의 머리 뒤쪽은 그루밍을 할 수 없는 곳이기에 이곳에 빗질한다는 건 상당한 애정의 표시다. 우리의 결핍을 채워주는 것이다. 옹이 녀석의 등도 빗질한다. 언제나 나에게는 음식이 모자랐다. 영동대교 아래서도, 쉼터에서도 내가 애써 쟁취하지 않으면 굶을 수도 있다는 걸 알았다. 그렇게 나는 전투에 임하듯이 나의 것을 애써 얻어야만 하는 것을 몸으로 체득했다. 심지어 옹이 녀석의 음식도 뺏어야 할 때도 있었다. 옹이는 나와는 다른 세대인가 보다. 하긴 뭐든 넉넉하고 보호받는 상황이었으니 그럴 만도 하다. 녀석을 보면서 고집스럽고 전투적인 내 방식만이 옳다고 주장하는 게 어렵다는 걸 느낀다.

냥이 심비우스

기쁨이와 아우라는 부엌 식탁의 음식을 탐하지 못하게 훈육을 했다. 거기에만 올라가면 어깨로 가만히 나를 밀쳤다. 그 부드러운 어깨의 움직임에서 여기 올라오면 안 된다는 단호함이 전달되었다. 나에게는 금기의 땅이다. 근데 녀석은 바쁨이가 다이어트 식단 준비를 하면서 닭가슴살을 올려놓고 잠시 자리를 비우는 사이에 그 닭고기를 들고 튄 적이 있었다. 가슴이 두근두근했다. 금기의 땅을 넘은 자에 대한 호된 처벌이 있을 거라 짐작했지만 바쁨이는 아우라에게 "어머 옹이가 닭고기를 가져갔나 봐. 재밌네."

라고 말할 뿐이다. 또는 바쁨이의 다이어트 빵이 기쁨이의 침대 아래서 발견되었을 때도 "세상에 옹이가 이걸 어떻게 여기로 가져왔대? 웃기는 아이야."라는 말로 끝이다. 옹이는 별스러운 행동도 하는 귀여운 아이로 자리매김을 하게 되었다. 옹이의 가벼운 일탈은 일상을 즐겁게 하는 이벤트일 뿐이었다. 금기를 어긴 처벌 따위는 없었다. 옹이 녀석의 예상치 않은 행동에 오히려 집사들은 즐거워한다.

나의 서열이 인정받는 건 녀석과 둘이서 놀이를 할 때다. 둘이 비등비등하다가도 내가 하악질을 한번 해주면 녀석은 무조건 백기를 든다. 기쁨이는 매번 지는 옹이를 보면 "그래 알았어, 누나. 내가 진 거로 할게. 누나가 이번에도 이겼네!"라고 말하는 착하고 순해 빠진 막냇동생 같다며 애정이 어린 눈길을 보낸다. 이겨도 이긴 게 아니고 져도 진 게 아닌 것 같은 느낌이 드는 건 뭘까? 서열이 낮은 녀석의 덕을 볼 때가 종종 있다. 녀석이 애교의 몸짓으로 간식을 먹을 때 나도 오징어포를 맛볼 기회를 얻게 되었다. 나는 어릴 때부터 간식을 많이 먹지 않았다. 그저 밥만 먹었다. 옹이 덕에 나에게도 간식을 먹여봐야 한다는 아우라의 의견에 오징어포 맛을 보게 되었다. 그때 먹은 오징어포는 별천지였다. 세상에 이런 맛도 있다는 걸 알게 되었다. 녀석과의 서열에서 내가 높다고 해서 내가 항상 행복하거나 모든 것을 독차지하는 것이 아니다. 서열이 해결하지 못하는 영역이 있고, 서열이 낮은 자의 덕을 보는 일이 있다는 걸 알게 되었다. 또 이 노므 집구석 집사들에게 복종만이 살길은 아니란 걸 깨달았다. 때로는 무조건 복종보다 통통 튀는 가벼운 일탈도 필요하다. 각자의 위치와 역할이 있지만, 실수도 하고 새로운 일로 변화도 주면서 살아가야 하나 보다. 내가 살아온 삶의 방식만이 옳다고 하는 건 꼰대가 되는 지름길이란 걸 배웠다. 옹이가 나를 보고 배우듯이 나 또한 옹이를 보고 배운다. 옹이가 내 덕을 보듯이 나 또한 옹이 녀석의 덕을 보곤 한다.

옹이와 나는 서로 경쟁하며 하나가 죽어야 하나가 사는 관계가 아니다. 이 노므 집구석 생태계 내에서 옹이와 나는 각자의 역할과 위치가 있다. 옹이와 나는 서로 보완하는 관계이다. 지구에서 한 번이라도 존재했다가 사라진 생물이 전체의 90%가 넘는다고 한다. 인간이 사라지지 않고 살아남으려면 인간과 인간, 인간과 다른 생명체가 공생하며 협력하는 호모 심비우스가 되어야 한다. 나와 레옹도 이 노므 집구석에서 집사들과 함께 살아가려면 경쟁이나 싸움보다 공존, 협력, 배려를 해야 한다. 그래서 냥이 심비우스다.

4

운동의 스노우볼 효과 – 스트레칭력과 착지력

철은 사용하지 않고 가만히 두면 녹이 슨다.

폭탄 매운맛 운동

날이 더워지면서 기쁨이와 아우라는 밖에서 걷기는 못 하겠다고 한다. 대신 거실에서 TV를 켜고 유튜브를 보며 일명 땅끄부부 운동을 한다. 폭탄 매운맛이다. 좀 쉬운 순한 맛부터 하면 좋을 것 같은데 둘은 욕심이 많아서 폭탄 매운맛을 고른다. 땅끄와 오드리는 단순한 움직임을 운동으로 승화시킨 재치 있는 다이어터다. 운동을 전공한 사람은 아니지만 다른 사람에게 보탬이 되고 싶은 선한 마음이 유명 유튜버가 되게 했다. 아우라와 기쁨이는 땀이 비 오듯이 흐르고 숨이 점점 가빠온다. 힘들다는 말을 할 힘도 없이 얼굴이 붉어지기까지 한다. 아우라는 끝까지 할지 중간에 그만둘지 마음이 오락가락한다. 결국, 마지막 3분은 남겨두고 바닥에 누워버린다. 기쁨이는 힘들어하는 아우라를 보며 끝까지 해낸다. 내 이럴 줄 알았다. 몸을 움직일 때는 부드럽게 무리하지 않게 해야 한다. 한 번 빡세게 하는 것보다 꾸준히 몸을 부드럽게 단련시키는 것이 좋다.

스트레칭력

고양이들도 몸을 단련시키는 일을 열심히 한다. 집냥이라고 해서 게으르지 않다. 잠자는 시간 외에는 몸을 단련하기 위해 끊임없이 움직인다. 우리의 몸을 단련시키는 것은 행복에 이르기 위해 필수적이다. 노력은 절대 우리를 배신하지 않는다. 세상 어떤 것도 마음대로 되기 어렵지만 내 몸은 내가 만들 수 있다. 나의 노력으로 나의 한계를 조금씩 넓히며 궁극의 완성과 행복에 도달하는 것, 그게 바로 쿵푸의 의미다. 쿵푸를 한자로 쓰면 工夫다. 꾸준히 한 계단 한 계단 자신의 한계를 극복하는 것이 쿵푸이고 공부다. 고양이에겐 스트레칭과 착지가 쿵푸이고 공부다.

일단 스트레칭이다. 스트레칭은 우리의 몸을 어떤 상황에서도 건강하게 유지해 주고 언제든 사냥과 전사 놀이에서 성공 확률을 높여주는 기본기라고 할 수 있다. 무엇보다 혈액순환을 잘되게 하고 뇌 건강에도 좋다. 스트레칭엔 힘이 있다. 그래서 스트레칭력이다. 사실 우리는 대부분 시간을 잠으로 보내지만 잠을 자는 동안에도 스트레칭을 놓치지 않는다. 일명 쭉쭉이다. 준비물이 있다. 무엇보다 몸에 대한 '감사의 마음'을 가져야 한다. 나는 나의 몸을 움직임으로써 몸뿐 아니라 정신의 자유도 얻는다는 확신을 해야 한다. 우리 몸은 누구보다 유연하다는 자신감을 가져야 한다. 그다음에는 스트레칭을 할 수 있는 장소를 물색한다. 환기가 잘되고 빛이 잘 들어오는 곳이면 좋겠다. 잘못해서 어둡고 좁은 공간에서 스트레칭을 하다간 몸이 끼는 불상사가 생기기 때문이다. 거실이나 베란다 같은 곳이면 좋을 것이다. 이제 스트레칭을 본격적으로 한다. 방앗간에서 가래떡을 뽑듯이 몸을 길게 쭉 편다. 눈에 보이지 않는 고무줄이 엉덩이에서 허리를 지나 정수리 끝까지 나를 끌어 올린다고 상상한다. 몸이 딱딱하게 굳어서는 안 된다. 그동안 앞발과 뒷발의 간격은 최대한 넓게 벌린다.

이때 고개를 숙여서는 안 된다. 마치 허공에 내가 좋아하는 츄르가 있다고 상상하고 지긋이 응시한다. 주의할 점이 있다. 스트레칭을 하는 동안에는 집사가 딸랑이를 흔들거나 간식을 준다고 해도 거기에 넘어가서는 안 된다. 그리고 중요한 게 하나 더 있다. 스트레칭을 꼭 시간 맞춰서 하려고 하지 말고 기회가 있을 때마다 양팔과 다리를 쭉 뻗을 태세를 항상 유지한다. 하루 중 대부분을 식빵을 굽느라 앉아 있다면 이 자세는 더욱 중요하다. 끊임없는 스트레칭만이 우리의 근육을 최상의 상태로 만들어준다는 걸 잊으면 안 된다. 최상의 근육은 우리의 몸을 우아하고 폼나게 몸을 유지해 준다. 궁극의 기쁨 훈련, 전사 훈련은 우리 몸을 만드는 것에서 시작한다.

착지력

이번엔 착지다. 착지란 물체가 공중에 있던 상태에서 땅으로 내려오는 것을 일컫는 말이다. 우리의 착지를 안전하게 할 수 있는 요소를 보면 우리 몸이 얼마나 완벽한지 알 수 있다. 마찬가지로 착지에도 힘이 있다. 그래서 착지력이다. 착지하는 것을 보면 우리 몸의 유기적 완성도를 훑어볼 수 있다는 말이다. 높은 곳에서 떨어졌을 때 안전한 착지가 가능한 것은 온몸의 순간적 협조가 있기에 가능하다. 충격을 흡수하는 발바닥 패드, 이동 속도나 거리를 파악하는 촉각 수용기, 지면과의 거리를 계산하는 수염이 완벽한 조화를 이루기에 언제 어떻게 떨어져도 우리는 마치 나비가 꽃에 앉듯이 부드럽고, 소리 없이, 안전하게 내려앉는다. 우리가 착지하는 순간은 하늘에서 눈이 땅에 내리는 양 폭신폭신하다. 하늘에서 신선이 내려오듯, 선녀가 내려오듯 땅에 충격을 주지 않는다. 땅에 발이 닿지 않아서 공중 부양을 한 듯 공중에서 신선처럼 유유히 거니는 식이다.

무엇보다 착지력을 높이기 위해서는 단계별로 연습해야 한다. 착지할 수 있는 장소를 물색한다. 주로 실내에서 사는 우리는 착지를 훈련할 수 있는 곳이 많지는 않다. 하지만 찾으면 다 나온다. 나의 경험으로는 처음에는 소파 위에서 착지를 해보는 것을 추천한다. 우선 올라가기도 쉽고 잘못 착지해도 다칠 위험이 적기 때문이다. 소파에 때론 발톱으로 스크래치를 내는 이유이기도 하다. 그다음에는 식탁이나 책상 또는 싱크대 위다. 식탁이나 싱크대는 조심해야 할 물건들이 많다. 잘못 건드리면 아우라가 놀라기 때문에 사람이 없는 밤중에 하기를 추천한다. 기쁨이 책상 위는 사실 내 아지트이다. 거기에는 노트북 패드가 있는데 내가 주로 낮잠을 자는 곳이다. 이곳에서 낮잠을 늘어지게 자고 나서 스트레칭 후 방바닥으로 착지하면 몸과 마음이 다 개운하다. 그다음에 좀 더 높은 곳으로 도전을 한다. 책꽂이도 좋고 캣타워도 좋다. 둘 다 계단식으로 되어 있어서 올라가기가 수월하다. 착지할 때도 혹시 불안하면 계단을 타고 내려오다가 자신감이 서는 곳에서 착지하면 된다. 이 노므 집구석에서 제일 높은 곳은 냉장고 위다. 이 위로 올라서는 데는 많은 용기가 필요했다. 우선 캣타워를 끝까지 올라가야 한다. 거기에서 심호흡하고 폴짝 뛰면서 건너야 냉장고 위로 올라설 수 있다. 여기로 올라오는 데 많은 시행착오가 있었다. 부끄럽게도 레옹이 녀석이 먼저 여기에 올라섰다. 운동신경이 나보다 좀 나은 것 같다. 레옹이 녀석을 보면서 꾸준히 연습했다. 우선 몸을 뻗어서 손이 닿을 수 있는 거리인지를 가늠했다. 처음엔 불안감에 몸을 뻗을 수도 없었다. 훈련만이 살길이었다. 스트레칭력의 도움으로 결국 손을 냉장고로 뻗었다. 그다음에야 냉장고 위로 폴짝하고 뛰듯이 건너서 올랐다. 냉장고 위에서 어떻게 내려오려고 올라가냐고 아우라가 걱정한다. 걱정도 팔자라는 말은 이럴 때 쓰는 말이다. 냉장고 높이 정도는 가뿐히 착지할 수 있다. 온몸의 기관과 평형감각을 이용하여 사뿐히 바닥으로 내려온다. 패드가 없는 아우라는 이해를 못 할 거다. 아우라가 감탄한다. 난 꼬리를 세우고 유유히 거실을 가로지른다.

꾸준함의 중요성

운동은 눈에 보이는 결과물을 하루아침에 보여주지는 않는다. 꾸준히 하루도 빠지지 않고 하다 보면 차곡차곡 쌓이는 보상이 기다린다. 고양이에게 공짜로 주어지는 것은 하나도 없다. 스트레칭력과 착지력을 키우기 위해 시간을 내지 않으면 우리는 우리다움을 잃어버릴 수도 있다. 나는 나를 사랑하기에 고양이다운 고양이가 되기 위해 오늘도 스트레칭을 하고 착지를 시도한다. 완벽하기 때문이 아니라 완벽하지 않더라도 여전히 노력하고 있다는 사실이 중요하다. 좋은 몸은 타고나는 것이 아니라 만들어지는 것이다. 나약한 육체는 나의 정신마저 병들게 한다. 행복을 얻기 위해 가장 먼저 운동에 투자해야 할 일이다. 그러니 아우라와 기쁨이는 들어라. 내가 스트레칭을 할 때 같이 스트레칭을 하고, 내가 착지를 할 때 너희 둘은 나가서 뛰어라. 뛰는 것은 너희들이 할 수 있는 유일한 착지다. 소파와 물아일체 된 몸을 일으켜라. 괜히 지속적 폭식을 간헐적 땅끄부부 운동으로 자기 위안하지 말고 말이다.

5

명상이란 의식과 감정의 주인이 되는 것이다

식빵굽기는 명상의 시작이다.

최적의 명상 장소는 침대 밑

바람이 시원한 오후다. 안방 침대 밑이다. 낮에는 안방 구석이나 침대 밑에서 주로 잠을 잔다. 안방 이불장이 열려 있을 때는 그사이를 비집고 들어가서 쉬다 나오기도 한다. 안방 침대 밑에는 이불 포에 싸인 이불들이 차곡차곡 놓여 있다. 계절이 변할 때마다 아우라는 거기에서 이불을 꺼내고, 다시 철 지난 이불을 넣는다. 그러다 보니 이불 포의 크기가 일정하지 않다. 마치 테트리스처럼 이불 포끼리 부분적으로 어깨를 맞대면서 틈이 생겼다. 마치 미로 같다. 들어가기는 쉬운데 나오기는 어렵다. 들어가는 입구는 보이는데 안에서는 나오는 출구를 찾기가 쉽지 않다. 이불과 이불 사이를 비집고 몸을 쓱 하고 들이민다. 어둡다. 빛이 전혀 들어오지 않는다. 에어컨을 끈 이후의 습기가 그대로 남아 있다. 좁디좁은 길의 끝에 몸을 잔뜩 움츠리고 누웠다. 몸이 꽉 낀다. 온몸의 긴장이 풀린다. 그 좁은 공간에서조차 우리는 몸을 적응시킨다. 어떤 공간에서건 몸을 자유자재로 형체를 바꾸는 신비한 능력으로 중세시대에는 마녀와 한패라는 오해를 받기도 했다. 마음이 편안하다. 난 거기에서 몇 시간이고 멍하니 앉아 있곤 한다. 사위가 고요하다. 눈을 지그시 감고 사색에 빠져든다. 상상의 허공에 시선을 고정한 채로 온전히 나에게 집중한다. 명상에 빠진다.

명상은 감정에 휘둘리지 않는 것이다

명상은 이미 일어난 일에 머물러 있는 의식을 현재로 가져오는 것이다. 아직 오지 않은 미래에 가 있는 의식을 현재로 가져오는 것이다. 산만한 주위에 빼앗긴 의식을 현재 나의 몸으로 가져오는 것이다. 막연한 불안감에 뺏긴 나의 감정을 다시 내가 가져와서 정화하는 것이다. 그래서 명상은 내가 내 의식의 주인이 되는 것이다. 명상은 자신의 감정을 정면으로 바라보는 것이다. 감정에 더는 휘둘리지 않는 것이다. 순간적인 감정의 명령을 거부하는 것이다. 그래서 명상은 평정심을 유지하는 것이다. 명상은 무의식을 들여다보는 것이다. 마음속 깊이 가라앉아 있는 우울의 심연을 들여다보는 것이다. 저 깊은 곳에서 나를 휘두르는 나의 과거를 들여다보는 것이다. 저 바닥에서 나를 끌어당기는 질긴 밧줄을 끊어버리는 것이다. 저 아래 깊은 우물 속, 아래 있는 고인 물과 같은 회한을 두레박으로 떠올리는 일이다. 명상은 공포와 싸워 이기는 일이다. 생길 것만 같은 일이 주는 두려움의 싹을 자르는 일이다. 이 공포는 생각 속에서만 존재하는 것임을 확인하는 일이다. 상상 속에 있는 생각과 나를 분리하는 일이다. 그래서 명상은 나에게서 내 것이 아닌 것을 찾아 제거하는 일이다.

명상은 몸과 마음의 시간을 일치시키는 것이다

순식간에 집중에 빠져든다. 요동치던 감정도 멈춘다. 어떤 부정적인 생각도 멈춘다. 우리의 의식과 무의식은 항상 현재를 향한다. 현재에 집중한다. 현재의 호흡에 의식을 집중한다. 명상이란 몸과 마음의 시간을 일치시키는 것이다. 우리가 살아 있는 순간은 현재밖에 없다. 불행이란 몸은 현재에 있는데 우리의 마음은 과거에 대한 미련이나 후회 혹은 미래에 대한 기대나 불안으로 가득 차 있는 것이다. 불안은 몸이 존재하는 시간과 의식이 존재하는 시간이 일치하지 않는 것에서 비롯되는 감정이다. 몸은 여기 있지만, 감정은 과거의 경험에 가 있어서 괴로운 것이다. 몸은 현재에 있는데 마음은 미래에 가 있기에 불안한 것이다. 눈은 내 앞에 앉아 있는 사람을 보고 있지만, 생각은 다른 사람을 떠올릴 때 마음의 평화는 깨지게 된다. 나와 생각하는 나가 하나가 되는 것이 명상이다. 생각하는 나를 깨달을 때 명상이 시작되는 것이다.

지금 내가 여기 현재에 있다고 말할 수 있는 건 호흡을 한다는 사실밖에 없다. 숨을 쉰다는 사실만이 명확한 것이다. 호흡을 멈춘다면 난 단 5분도 살아 있을 수 없다. 나의 생명을 유지하게 해주는 것은 호흡이다. 그 호흡에 감사의 마음을 가져야 한다. 서서히 호흡에 의식을 집중해 보는 것이다. 하나, 둘, 셋, 넷 세면서 호흡에 의식을 집중한다.

숨을 들이쉰다. 그 숨은 폐를 거쳐 혈관을 통해 온몸으로 생기를 불어 넣어준다. 숨을 내뱉는다. 내 몸에서 만든 찌꺼기를 몸 밖으로 보낸다. 내 몸은 숨으로 생명을 얻는다. 다시 숨을 들이쉰다. 자연의 싱그러움을 들이마시고 그 생기가 온몸이 싱그럽게 한다. 다시 숨을 내뱉는다. 몸에서 나온 찌꺼기를 밖으로 보낸다. 내 몸은 자연과 하나가 되는 것이다. 몸이 살아난다. 다시 숨을 들이쉰다. 우주의 별빛이 내 몸 안으로 들어온다. 별빛이 내 눈을 거쳐 온몸으로 우주의 기운을 보낸다. 숨을 내쉰다. 우주의 찌꺼기가 몸 밖으로 나온다. 내 몸은 우주의 한 부분으로 다시 태어난다.

명상은 특정 장소나 특정 시간에만 하는 건 아니다. 아침에만 하는 것도 아니고 잠자기 전에만 하는 것도 아니다. 원하는 시간에 언제 어디서든 할 수 있는 것이다. 캣타워에서 눈을 떴다. 눈앞에 아우라가 있다. 조용히 글을 쓰고 있다. 거실에는 아우라의 손가락이 노트북 자판을 두드리는 소리가 있다. 책장 넘기는 소리가 있다. 노트북을 바라보는 아우라의 눈빛이 있다. 나는 지그시 눈을 감는다. 어제의 일은 어제로 끝났고, 내일은 아직 오지 않았다. 지금 나에게 분명한 건 내가 현재에 있다는 것이다. 더는 지나간 시간에 사로잡히지 않아야 하고, 오지 않은 미래에 저당 잡히지 말아야 한다. 무한히 상처를 받는 존재가 아니라 무한히 성장하는 존재로 나를 규정하고 싶다. 상처에 매몰되는 존재가 아니라 상처를 치유할 수 있는 존재로 규정하고 싶다. 거실 베란다에서 바람이 들어온다. 바람이 나의 마음과 친구가 된다. 바람은 지나간 것은 흘려 보내 버리라고 한다. 아직 오직 않은 바람은 어떤 바람인지 아무도 모른다고 한다. 현재 너의 몸에 부딪히는 그 바람만이 너의 바람이라고 말한다.

커피 명상

이 노므 집구석에는 명상과 관련된 물건들이 많다. 아침마다 아우라는 부엌에서 커피 명상을 한다. 마음을 현재에 두기 위한 명상의 도구로 차를 이용하면 차 명상, 커피를 이용하면 커피 명상이다. 아우라는 천천히 원두를 간다. 원두에서 나오는 향기가 아직 완전히 깨지 못한 아우라의 정신을 두드린다. 드리퍼에 원두 가루를 천천히 쏟아 넣는다. 물을 끓인다. 뜨거워진 물을 드리퍼의 가부터 원을 그리듯이 천천히 붓는다. 물이 원두 가루를 다 적실 때까지 잠시 기다린다. 다시 물을 붓는다. 커피가 내려온다. 창밖을 본다. 어둠이 아직 가시지 않았다. 커피 향을 들이마신다. 정신이 맑아진다. 따뜻하게 내린 커피를 커피 잔에 넣고 한 모금 마신다. 온몸에 온기가 돈다. 아우라는 현재 살아 있음에 감사함을 느끼며 냉장고 위에 있는 나를 본다. 나는 식빵을 구우며 지그시 아우라를 무심하게 바라본다.

삐삐삐삐삐삐삐삐. 저 소리는 안방 침대 아래 나만의 세계에서 우리의 세계로 돌아오게 하는 신호다. 정화된 의식의 세계에서 현실의 세계로 돌아올 시간이라는 암호다. 바쁨이와 기쁨이다. 외출을 마치고 들어오는 소리다. 나는 마치 이 집의 주인인 양 아니 주인으로서 그를 맞이하러 나간다. 안방에서 나오는 나와 레옹을 보고 그 둘은 "아이고 주인님, 낮에 별일 없었나요?"라며 나의 안녕을 묻는다. 온전히 나로 존재한 시간이었다고 대답하며 꼬리를 세운다. 행복한 시간이었다고 말하며 그들 앞을 유유히 지나간다.

6

행복은 식빵굽기다

네 마음의 창고를 만들어라.

식빵굽기

우리는 몇 시간이고 가만히 앉아 의식과 무의식을 자유로이 거느린다. 고양이들은 주위에서 무슨 일이 일어나든지 간에 의식의 흐름을 차단하겠다고 결심한 순간 바로 의식 너머의 자유와 평화의 세계로 갈 수 있다. 우리는 원하는 시간에 원하는 장소에서 의식의 흐름을 중단할 수 있다. 잠을 자야겠다고 마음먹은 순간 그대로 잠들어버린다. 어디서든 잘 수 있다. 예리한 눈은 순식간에 끔벅거린다. 해먹, 캣타워, 소파 위, 침대 아래 어디든 가리지 않는다.

엉덩이를 내리고 두 손을 앞으로 모으고 엎드려서 편안한 자세로 행복한 감정에 젖어 든다. 뭐든지 음식과 연결하는 인간의 습성이 그것을 보고 식빵을 굽는다고 할 뿐이다. 잠을 잔다고 할 뿐이다. 휴식을 취하는 부처님처럼 우리는 내면의 행복과 평화를 이미 터득했다. 오늘도 시원한 바람이 부는 거실 캣타워 위에서 실눈을 뜨고 평정심을 유지하며 식빵을 굽는다.

행복한 자가 똑똑한 자이다

고양이들은 본질적으로 행복을 추구하는 법을 아는 존재다. 중국의 고대 신화에는 이 세상을 돌봐 달라는 신의 부탁을 거절하고 세상이 제공하는 쾌락을 즐기는 고양이가 나온다. 자연이 제공하는 향기로운 캣닢과 나비를 쫓는 일이 세상을 돌아가게 하는 일보다 더 소중했다. 자연이 주는 나무 그늘에서 맑은 공기를 숨 쉬고 향기로운 꽃향기를 맡는 일이 세상에 대한 책임보다 더 소중했다. 행복은 어떤 일을 함으로써 얻어지는 것이 아니라 지금 당장 자신이 가지고 있는 것을 소중히 여기고 향유하는 데서 오는 것임을 알고 있었다. 행복은 무엇을 더 가져야 얻을 수 있는 것이 아니라 지금 당장 행복하겠다고 결심했을 때 얻어지는 것이다. 행복은 목표 달성을 해야 얻어지는 것이 아니라 목표를 달성하는 과정에서 이미 행복하겠다고 결심했을 때 얻어지는 것이다. 그러니 지금 당장 행복하겠다고 결심을 하기를 바란다. 똑똑한 자가 행복한 자가 아니다. 지금 행복한 자가 똑똑한 자이다. 똑똑해야 행복할 수 있다면 이 세상에 행복한 자가 있을 수 없다. 남과 비교해서 행복을 얻으려 하지 말고, 지금 나의 상태 그대로를 인정하고 받아들이는 그것이 행복으로 가는 지름길이다. 그러니 무엇을 더 채우려고 애쓰기보다는 지금 당장 행복하겠다고 마음을 먹기를 바란다.

복은 내가 나에게 주는 것이다

고양이들은 자신을 부정하지 않는다. 자신을 비난하면서 자신을 괴롭히지 않는다. 우리는 자신을 사랑할 줄 안다. 행복은 자신과 좋은 관계를 맺을 때 얻어지는 것이다. 사람들은 저마다 복을 받고 싶어 한다. 복을 받고 싶어서 남에게 베풀기도 하고 남에게 친절하게 대하기도 한다. 복은 남이 주기 전에 자신이 먼저 줘야 한다. 자신이 먼저 자신을 사랑하고 인정하고 단단해짐으로써 복을 받는 것이다. 남에게서 복을 구하기 전에 자신이 먼저 자신에게 복을 줘야 한다. 남에게서 복을 구하는 건 나의 복의 주인이 내가 아니라 남이 되는 일이다. 복을 남에게서 구하지 않는 것처럼 행복의 기준을 남에게서 구하는 것은 칼을 떨어뜨린 바다에서 칼을 다시 찾겠다는 마음이나 다름없다. 그 칼은 영원히 찾을 수 없다. 남에게서 구하는 행복도 마찬가지다. 미래가 주는 행복에 기대는 것도 우연을 기대하는 것과 다름없다. 미래의 행복을 위해 현재의 행복을 저당잡히지 말아야 한다. 행복은 어디에나 있지만 찾으려는 자에게만 보인다. 현재 자기 자신에 만족하는 것이 더 중요하다. 타인의 인정과 칭찬에 좌우되는 삶은 행복과는 거리가 멀어 보인다. 타인의 마음을 내가 정할 수도 없고, 내가 알 수도 없다. 복을 받아야 의미가 있고 복을 받지 않으면 내 행동의 의미가 없어지는 것도 말이 안 된다. 복을 받든 안 받든, 그 속의 의미를 발견하고, 그 의미를 연결하는 행동을 하는 게 더 중요하다.

최근에 아우라 친구가 집에 놀러 온 적이 있다. 그 친구는 일이 잘 안 풀리는 상황이었다. 건강이 갑자기 안 좋아졌고, 사업에 위기가 닥치면서 경제 상황이 매우 어려워진 것이다. 친구는 자신이 마치 벌을 받는 것 같다는 말을 했다. 맞다. 그런 생각이 들 때가 나도 있었다. 엄마를 잃어버렸을 때도 그런 마음이 들었고, 그래가 나의 방을 접수했을 때도 그런 생각이 들었다. 잔인한 느낌이다. 만약에 당신의 친구가 사업에 실패했다고 했을 때 그에게 "넌 지금 벌 받는 거야."라고 말할 수 있는 사람은 없다. 다른 사람에게 할 수 없는 말은 자신에게도 해서는 안 된다. 벌 받고 있다는 건 자기 학대의 최고 표현이다. 이 세상의 모든 사람이 다 성공하는 것도 아니고, 다 실패하는 것도 아니다. 성공하고 실패하는 원리를 이해하는 것이 중요하다. 성공했을 때는 감사하고 겸손한 태도를 보여야 하고, 실패했을 때는 그 속의 의미를 찾아내고 반복하지 않으려는 배움의 자세가 필요하다.

마음의 창고 만들기

이 노모 집구석 거실에는 발 마사지가 있었다. 시도 때도 없이 드르르 하는 소리가 꽤 거슬렸다. 아우라와 기쁨이는 주로 저녁에 발 마사지를 하는 데 아래 집에서 층간 소음이라도 날까 걱정이 되었다. 아우라는 서서 일하는 직업이라 발과 종아리가 잘 붓는 편인데 혈액순환이 문제일까 싶어 이 기구를 이용하게 된 것이다. 꽤 오래 사용하다가 효과가 없다고 생각했는지 아니면 달리기를 하면서 붓기가 없어진 탓인지 어느 날엔가 그 기구를 베란다 창고로 옮기는 거였다. 창고는 내가 처음 보는 공간이었다. 항상 닫혀 있어서 거기에 뭐가 있는지 몰랐다. 아우라가 창고 문을 잠시 연 사이에 얼른 뛰어올라 들어갔다. 삼단으로 되어 있는 공간이었다. 맨 위 칸은 오래된 LP 판이 쭉 쌓여 있었다. 두 번째 가운데 칸 왼쪽으로는 여행 갈 때 드는 캐리어와 바쁨이와 기쁨이가 쓰던 가방이 놓여 있었다. 오른쪽으로 비누, 샴푸, 화장지, 마스크들이 마구잡이로 쌓여 있었다. 맨 아래 칸에는 오래된 바둑판이며, 제사할 때 쓰는 상과 제기들이 있었다. 이제 여기에 발마사기를 놓으려고 요리조리 물건들을 옮겨서 공간을 만들어 놓았다. 창고가 이렇게 복잡하고 지저분한 만큼 거실은 그만큼 정돈되어 있었던 것이다. 창고가 없으면 거기에 있는 모든 물건이 이 집을 어지럽히게 된다. 거실이 정리가 되어 집사들에게 휴식의 공간이 되려면 창고는 필수적으로 있어야 한다.

행복을 얻는 과정에도 우리 마음속에 이런 창고가 필요하다. 불필요한 짐을 넣어두는 방이다. 불필요한 걱정을 넣어두는 방이다. 불필요한 부정적인 마음을 넣어두는 방이다. 이방은 입구는 있지만 출구는 없는 봉인된 방이다. 머리에 넥카라를 한 적이 있다. 실제로는 50그램도 안 되는 것이지만 마치 1킬로의 모래주머니가 머리에 매달려 있는 느낌이었다. 1분도 버티기 힘들었다. 움직일 때마다 몸의 진액이 다 빠져나가는 느낌이었다. 그루밍을 할 수 없는 건 물론이고 도저히 몸의 움직임이 자유롭지가 않았다. 밥을 먹어도 먹은 것 같지 않고, 우당탕을 해도 한 게 아니었다. 넥카라가 벗겨진 그날은 나의 정신적인 독립 기념일이다. 몸에 매달린 불필요한 것을 매달고 있을 이유가 없는 것처럼 마음의 짐을 왜 지고 살아야 하겠는가? 마음의 짐과 나를 완전히 분리하지는 못하겠지만 그걸 지고 있다고 해서 더 나아지는 것도 없다. 그날에 생긴 쓰레기는 집에 들어오자마자 쓰레기통에 버린다. 또는 불필요한 짐은 거실에 펼치기 전에 즉시 창고로 직행한다. 마찬가지다. 마음에 생긴 불필요한 감정은 마음의 창고에 넣어두는 것이 좋다. 그래야 내 마음이 편안하고 행복해진다. 행복한 감정을 유지하기 위해서는 감정을 잘 분리하여 보관하는 습관이 필요하다. 부정적인 감정은 창고에 넣고 봉인해 버리는 것이다. 어제의, 그제의 모든 부정적인 감정을 마음에 매달고 있다고 상상해봐라. 몸을 움직일 수가 없다. 활력이 생길 수가 없다. 쓸데없는 짐이 나올 때마다 거기로 짐을 보내버리면 된다고 마음먹는다. 영원히 봉인될 것이고, 스스로 산화해 버릴 것이다. 거기에 뭐가 들어 있었는지 나중에는 잊어버리게 된다.

아우라가 글을 쓰다 말고 잠깐 쉬려고 TV를 켠다. 노래가 나온다. 아우라가 화면을 보며 같이 흥얼거린다. "산다는 게 다 그런 거지~~. 인생은 지금이야. 아모르 파티~~." 노랫소리에 맞춰 몸도 덩실거린다.

7

친구란 나의 슬픔을 등에 진 자다

인간과 고양이는 친구다.

카스 언니

인디언들은 친구를 '나의 슬픔을 지고 가는 자'라고 정의한다. 아우라에겐 그런 친구가 한 명 있다. 아니 나이가 많아서 카스 언니라고 부르지만 실은 친구다. 자주 연락하거나 카톡을 늘상 하지는 않는다. 1년에 두 번 정도 만나는 친구다. 보통 저녁 4시 정도에 만나는데 헤어질 시간이 되면 밤 11시가 넘어갈 때가 많다. 이 친구는 아우라의 모든 감정과 의식의 무장을 해제하게 만든다. 혹시 이 친구는 어떻게 생각할까 하는 걱정을 하지 않는다. 혹시 이 친구가 비웃으면 어쩌나 하는 염려도 하지 않는다. 이 친구는 어떤 이야기든 일단 잘 들어준다. 필요하다고 생각하는 어떤 이야기에는 자신의 의견을 피력한다. 아우라가 코멘트를 필요로 한다고 생각되면 혼자 떠드는 소리로 그냥 두지 않고 딱 포착하고 관심을 가진다. 아우라는 그간에 있었던 아프고 힘들었던 이야기를 쭉 늘어놓기도 한다. 별다른 조언도 참견도 없다. 다 들어주고 나서 술잔에 술을 채워주곤 한다. 술잔에 술이 차는 만큼 위로의 마음도 차오른다. 카스 언니의 마음이 술잔에 가득 찬다. 카스 언니의 눈가에 아우라의 아픔이 흐른다. 울컥하는 마음이 올라온다. 서로가 자신의 이야기를 들어주고 술잔을 기울인다. 그러니 대화가 끊이지 않는다. 아우라도 말하고 떠드는 것을 좋아하는 사람인데 서로 쿵짝이 맞으니 시간 가는 줄을 모르는 것이다. 아우라가 이 친구를 안지 거의 20년이 되어가고 있다. 우리가 하는 말이 벽에 부딪혀 튕겨서 나오는 듯한 사람이 많다. 나의 고통이 누군가에게는 약점으로 보일까 말을 아끼는 때가 많기는 많다. 아무리 말을 해도 들리는 말만 듣고 말 아래에 흐르는 마음을 들여다보지 않는 사람이 더 많은 세상이다. 나의 슬픔을 등에 진 자가 친구 맞다.

고양이가 나를 구조했다

인간에게 고양이는 아우라의 카스언니 같은 친구다. 인간이 고양이를 만나려면 인연이 닿아야 한다. 아우라가 카스 언니를 만난 것이 거부할 수 없는 인연이었듯이 말이다. 카스 언니는 노래를 참 잘하는 사람이다. 아우라는 그 친구가 부르는 "음~ 생각을 말아요."라고 시작하는 하얀 나비에 마음이 끌렸다. 만약 그 친구가 그 노래가 아닌 다른 노래를 불렀다면 그렇게 마음이 끌리지 않았을 것이다. 아우라는 〈하얀 나비〉라는 노래를 참 좋아한다. 사람이 죽으면 하얀 나비가 된다면서 말이다. 죽었지만 하얀 나비라도 되어서 만나기를 바라는 마음이 있는, 보고 싶은 사람이 있기 때문이다. 그 언니가 부르는 그 노랫말이 마음에 확 꽂혔다. 실패에 실이 감기듯 카스 언니에게 마음이 확 감겨버렸다. 고양이와 인간의 인연도 마찬가지다. 확 끌어당기는 운명 같은 것이 있어야 한다. 내가 이 노므 집구석 집사들의 만만함에 꽂혔듯이 말이다. 인간은 선택받아야 하고 인간은 그 선택을 또 받아들여야 한다. 아우라가 그랬듯이, 미자가 세 번째 고양이를 받아들였듯이 필연을 수용해야 한다. 고양이를 만나는 것은 운명적인 사랑을 만나는 것이다. 한 번 맺어지면 쉽게 변해서는 안 된다. 고양이를 만나는 것은 자신에게 절대적인 사랑을 주는 존재를 만나게 되는 것이다. 기쁠 때도 내 편이고 슬플 때도 온전히 내 편인 친구가 생기는 것이다. 평생을 같이할 친구를 만나게 되는 것이다. 함부로 서로를 버려서는 안 된다. 고양이의 마지막까지 함께할 수 있다면 참 좋은 인연이다. 참 인연이 오는 것이다. 누군가가 자신을 한없이 좋아하고 따르는 것은 인간의 상처받은 자존감을 회복시켜주는 일이기도 하다. 마음이 위안이 되는 일이다. 말로 하는 의사소통보다 더 진한 교류가 흐른다. 언제나 나만 바라보고, 나를 배신하지 않을 거라는 마음은 그 어디에서도 받을 수 없는 위로를 받는 일이다. 고양이와 같이 살면서 정신적인 위로를 받은 사람은 너무나 많다. 자신이 고양이를 살린 것이 아니라 고양이가 자신을 구조한 것이라고 말하기도 한다.

"절 안으로 들어오세요"

역사적으로도 고양이가 인간을 구한 사례는 많다. 인간

과 고양이의 우호적인 관계는 농업혁명부터 시작된다. 창고에 들끓은 쥐로 인해 고양이가 필요해졌다. 고양이는 쥐의 해독제인 셈이었다. 인간과 고양이는 서로의 어려움을 등에 짊어지는 관계였다. 이집트에서는 바스테트라는 고양이 여신이 아름다움과 다산을 장려했다. 인도에서는 고양이가 잠을 자다 일어나서 몸을 이완시키기 위해 기지개를 켜는 모습을 따라 요가 동작을 만들었다. 그 요가로 많은 사람이 마음의 안정과 건강을 찾았다. 일본에서는 인간을 살린 고양이 이야기가 있다. 한 남자가 비를 피하느라 나무 아래 있었다. 이때 절에 사는 고양이가 안으로 들어오라는 손짓을 했다. 절 안으로 들어가려고 한 발을 떼는 순간 그 나무에 벼락이 떨어졌다. 그 남자는 고양이 덕에 목숨을 구했다. 프랑스 혁명기에도 불쌍한 사람들과 함께 살며 그들의 마음을 따뜻하게 안아줬다. 파리의 하수구에 있는 쥐를 다 몰아내고 하수구를 위생적으로 바꾸는 데도 많은 애를 썼다. 그 덕에 파리가 위생적인 도시로 되었고 뾰족하고 높은 굽의 신발을 비로소 벗을 수 있었다.

나는 환생했다

기억하고 있는지 모르겠다. 우리 고양이와 인류 전체의 정보가 모이는 데이터 센터, 아노폴라말이다. 만약 기억을 못 한다면 그건 순전히 너의 뇌가 생물학적 한계에 갇혀있기 때문이다. 인간의 기억은 단기 기억과 장기 기억으로 나뉘는데 한 번 암기한 것을 장기 기억 속에 넣으려면 여러 번 반복해야 한다. 반복의 과정을 거침으로써 비로소 기억에 남는다. 반복하지 않으면 모래가 손가락 사이를 빠져나가듯이 단기 기억은 다 빠져나가 버린다. 반복이 중요하다. 그것을 꾸준함이라고 말하기도 한다. 지적으로 정신적으로 인간의 능력은 한계가 많다. 인류의 역사는 아마도 과학의 힘을 통해 그 한계를 벗어나고자 한 과정이라고도 할 수 있다. 과학의 발전이 있었기에 수명이 연장되었고, 육체적 한계를 넘어서는 많은 일을 할 수 있었다.

나는 고양이의 생물학적 한계를 벗어났다. 아노폴라에 접속해서 어떤 정보든 다운로드 받을 수 있는 능력을 지니고 있다. 아노폴라는 인류와 고양이의 모든 정보가 모인 곳이다. 여기서 잠깐 시간을 내서 아노폴라에서 데이터를 모으는 방법을 알려주려고 한다. 이 글을 읽는 사람이 있다면 눈을 들어 주위를 둘러봐라. 혹시 직선으로 된 부분이 있는가? 예를 들면 서랍장의 모서리 직선이라든가 건물 모서리의 직선 또는 유리창의 직선 아니면 책상 모서리의 직선 말이다. 이 직선을 통해 인간과 고양이에 대한 모든 정보가 실시간으로 아노폴라로 모인다. 노트북이나 휴대전화가 원 모양이나 포물선 모양이 아니라 4개의 직선으로 이루어진 사각형 모양으로 만들어진 것은 결코 우연이 아니다. 아노폴라라는 데이터 센터의 목적은 고양이의 생존과 더불어 인간이 생존과 번영이다. 나는 거기에 접속할 수 있는 능력을 갖추고 있다. 내가 어떻게 그런 능력을 갖추게 되었는지 모른다. 굳이 설명하자면 선승의 기억을 가지고 태어나는 티베트 승려의 환생처럼 아노폴라의 데이터를 다운로드 받을 수 있는 고양이로 태어났을 뿐이다. 그래서 나의 묘생에는 의미와 목적이 있다고 생각하는 것이다. 그건 바로 아노폴라의 지식과 지혜를 인간과 고양이의 의식의 진화를 위해 사용하는 것이다. 그래서 인간과 고양이가 서로의 슬픔을 등에 지고 가는 관계가 영원히 지속하게 하는 것이다. 인간과 고양이는 영원한 친구다.

8

거인의 어깨에 오르는 법 – 쓰기와 읽기

나를 아는 것이 세상을 아는 것이다.

자동차 점검

아우라는 잡티를 없앤다면서 피부과에서 레이저 치료를 받고 있다. 피부과에서 쏘는 레이저는 사실 피부에 상처를 내는 것이라고 한다. 상처를 내고 회복하게 하면서 피부를 재생시키는 것이다. 쓰기와 읽기의 삶이 아우라의 삶에 작은 균열을 내고 있다. 쓰는 일과 읽는 일로 아우라의 삶이 변하고 있다.

아우라는 2년마다 자동차 정기 점검을 한다. 최근에 있었던 일이다. 미루다 미루다 더 미루다가는 과태료를 내게 생겼다. 더는 미룰 수 없기에 자동차 점검을 했다. 근데 보류 판정이 나왔다. 두 군데서 부적합 판정이 나온 것이다. 하나는 운전자석 앞 전조등의 조도가 너무 약해서 등을 교체해야 하고 다른 하나는 운전자석 뒤쪽 방향지시등이 불이 안 들어온다는 거다. 두 군데 수리를 하고 다시 점검하러 오라는 말을 한다. 급하게 기아 서비스 센터로 가서 부적합 판정 서류를 보여주며 수리를 맡겼다. 부적합이 나온 두 군데의 공통점이 보였다. 둘 다 운전자의 시선으로는 확인할 수 없다는 것이다. 누군가 자신의 차가 움직이는 것을 보고 말해주지 않으면 절대 알 수가 없는 곳이었다. 조도가 낮다고 해서 계기판에 표시가 되는 것도 아니고 방향지시등이 안 들어 온다고 해서 그 역시 계기판에 표시되는 것이 아니었기에 언제부터 이런 상황이 되었는지 알 수도 없었다. 점검이라는 상황이 아니었으면 계속 모르고 지나칠 일이었다. 아우라는 자동차가 점검을 받으면서 보완을 하며 제 기능을 다 하는 데 무리가 없는 것처럼 사람도 점검하는 시스템이 있으면 좋겠다는 생각을 했다. 삶을 점검하는 시스템 말이다. "당신은 그동안 자신을 너무 방치했으니 자신을 좀 더 사랑해보도록 하십시오.", "당신은 그동안 다른 사람의 말에 너무 휘둘렸으니 자신감을 좀 더 가지시기 바랍니다.", "당신은 이러이러한 사람이니 이렇게 살면 좋을 것 같습니다."라고 말해주는 삶의 점검 시스템 말이다.

삶의 점검시스템으로서의 쓰는 일

최근에 아우라는 글을 쓰면서 글쓰기가 삶을 점검하는 시스템 중의 하나가 될 수 있다는 생각을 했다. 글을 쓰면서 객관적으로 자신을 많이 점검하고 돌아볼 수 있었기 때문이다. 우선 글을 쓰다 보니 순차적 사고가 부족한 자신의 민얼굴이 드러났다. 아우라는 직관이니 느낌이라는 말로 어떤 상황에 대해 감정적으로 판단을 해버리는 경우가 많았다. 감정적 판단과 통찰을 구분하지 못했다. 통찰은 순간적인 번득임이 아니라 지혜임을 간과하고 있었다. 글을 쓰다 보니 자신의 약점이 드러났다. 어떤 일에 대해 판단하기 전에 일단 글로 정리해보니 어디가 잘못 생각한 부분인지를 자연스럽게 알게 되었다. 상황을 객관적으로 보는 눈을 가지게 된 것이다.

글벗들과 글을 공유하면서 타인의 입장도 생각하게 되

었다. 내 생각은 나만의 것이라 여기며 사람의 입장이나 견해를 무시하고 있었다. 타인의 입장을 빼고 자신 위주로 생각하는 것은 자신만의 견고한 성을 계속 쌓아 올리는 일임을 알게 된 것이다. 글을 쓰면서 타인의 입장도 생각하게 되었다. 글을 쓰면서 자신의 감정을 내 뱉으며 이해해 달라고만 호소할 순 없겠다는 생각이 들었고, 글을 읽는 그들에게도 뭔가 의미가 있고 도움이 되어야 하지 않을까 하는 생각이 들었다. 그저 자신의 생각과 감정만이 옳은 거라고 마냥 어린아이처럼 우는 것은 자신에게도, 자신이 쓴 글을 읽는 사람에게도 아무런 소용도 의미도 없는 일이란 걸 깨달았다. 나의 글과 사색을 통해 이 글이 다른 사람에게 어떤 소용과 의미로 다가갈 수 있을까 하는 고민을 하게 된 것이다.

삶의 렌즈를 바꾸는 노력도 하게 되었다. 쭉 삶의 피해자라고 생각해왔다. 글을 쓰다 보니 삶의 피해자가 아닐 수도 있겠다는 깨달음이 왔다. 사실 결코 피해자가 될 수 없는 상황인데도 피해자로 보이는 지점을 애써 찾아 자신을 그렇게 규정하며 살아왔던 모습이 보였다. 내가 어찌할 수 없었던 시절이야 그렇다 치더라도 어른이 되고 직장인이 된 후에도 그런 렌즈를 장착하고 있었음을 깨달았다. 아우라는 자신을 사랑하는 것이 어려웠고 심지어는 나는 사랑받을 수 없는 존재라는 생각마저 한 적도 있었다. 이제 그 렌즈를 벗고 제대로 된 렌즈로 자신을 봐야겠다는 마음을 먹게 되었다.

사람들의 입장이나 마음이 하나가 아니란 걸 보게 되기도 했다. 같은 상황, 같은 소재라도 사람마다 떠오르는 것이 다르고, 다른 히스토리가 있다는 걸 알게 되기도 했다. 그동안 어설픈 심판자로 행동했던 모습이 보였다. "이런 상황에선 네가 옳아 또는 이런 상황에서는 넌 틀렸어."같이 무 자르듯 쉽게 판단하는 태도가 보였다. 아우라 자신이 생각하는 정답과 다르게 행동하는 사람을 틀렸다고 오만한 생각을 하고 있었다. 삶에는 정답이 없다는 말을 수없이 하고 수없이 들었지만, 자신의 삶에 적용이 안 되어 있었다. 글을 쓰다 보니 드디어 상대방이 그렇게 말하고 행동할 수밖에 없는 이유를 추론하게 되었다. 나와 타인 그리고 우리를 둘러싼 상황을 한 발짝 물러서서 전체적으로 보는 시각이 생기게 된 것이다.

'쓰는 일'이 '읽는 일'을 불렀다

이렇게 쓰는 일로 자신을 점검하다 보니 더 잘 쓰고 싶어졌다. 더 잘 쓰기 위해서는 더 많이 읽어야 한다. 쓰는 일은 자연스럽게 독서를 끌어냈다. 좋은 글을 쓰려면 좋은 글을 많이 읽어야 하는 건 인과법칙이다. 독서의 방향이 다양한 분야로 넓어지고 깊어졌다. 독서는 미시의 세계에서부터 먼 우주 끝까지 우리의 사고의 영역을 확장한다. 우리의 관심을 작은 양성자의 세계로 안내하기도 하고 인류 역사 전체로 확장하기도 한다. 눈에 보이는 세계부터 눈에 보이지 않는 정신의 세계에 이르기까지 인식의 범위를 확장하게 한다. 독서는 자신의 눈높이에서 벗어나 저위에서 내려다보는 통찰력을 갖게 한다. 독서란 자신의 눈에 이미 앞서간 이의 렌즈를 착용해 보는 과정이다. 나의 경험과 인식으로 만든 나만의 빨간 렌즈를 잠시 벗어 놓고, 앞선 이의 파란 렌즈로 세상을 바라보는 것이다. 빨간 렌즈로만 세상을 봤을 때는 어떤 기회도 없어 보였던 것이, 파란 렌즈를 끼는 순간 기회의 땅으로 바뀔 수가 있다. 빨간 렌즈로 세상을 볼 때는 온통 나를 힘들게 하는 것투성이였지만, 파란 렌즈를 끼는 순간 나를 도와주려는 행복한 세상으로 느껴질 수가 있다. 독서는 다양한 나의 렌즈를 가지게 되는 과정이다. 독서는 나의 정신과 마음을 다른 이의 몸에 들어가는 마법과 같은 것이다. 나의 생각에 다른 사람의 생각을 받아들여 새로운 사람으로 태어나는 과정이다. 우선 그 사람에게 빙의가 되어 그 사람처럼 생각하고 말하고 행동해봐라. 그 이후에 온전히 자신으로 돌아와서 평가와 비판적 사고를 해보는 것이다. 글이 사람을 변화시키는 힘을 가지고 있다면 글을 통해 제대로 된 사람들, 그런 사람들이 쓴 글이 고전이 아닐까 싶다. 한때 인기가 있어서 잘 팔린 책은 많다. 하지만 그런 책은 실용서는 될 수 있어도 고전이라고 하지는 않는다. 고전은 당장의 효용과는 거리가 먼 통찰을 담고 있다. 사실 한두 권의 실용서나 자기계발서를 읽고 마치 다 아는 양 떠들고 가르치려 드는 사람들은 많다. 고전의 세계는 광대무량의 인간세계에 대해 거인의 시선에서 성찰을 하게 한다. 독서는 그 세계를 먼저 본 이의 어깨에 오르는 가장 효율적인 방법이다.

쓰고 읽는 일로 아우라에 난 작은 균열은 이 세계 속에서 더 탄탄하게 아물 것이다. 사람을 더 이해하고, 세계를 더 깊이 바라보면서 인간과 세상에 대한 거인의 목소리를 듣게 될 것이다. 변화하고 자아를 바꾸려는 자는 시간과 공간과 만나는 이를 바꿔야 한다고 한다. 글쓰기와 독서는 이 모든 것을 한꺼번에 바꾸는 일이다. 마치 타임머신을 탄 것처럼 나를 과거로도 보내고, 다른 나라로도 보낸다. 거기에서 난 거인을 만나는 경험을 하고 다시 현실로 돌아온다. 나의 오늘이 어제와 다르며, 내일은 오늘과 다르다. 내가 파p루스에 가는 이유다.

제 3 부

거인의 지혜를 배우다

- 고양이가 책을 읽는다면

전 세계의 국회도서관 지하에는 '파p루스'(파피루스)라고만 알려진, 아무도 모르게 책을 감춰 놓는 곳이 있습니다. 파p루스는 전 세계 어디에나 각각 존재하지만, 사람들은 알지 못합니다. 파p루스는 고양이들이 책을 읽고 사색하는 공간입니다. 거기에는 인간에게 지적 영감을 주고 영혼을 성장시킨 거인들의 이야기가 있습니다. 고양이들이 파p루스를 찾는 이유입니다. 아우라와 고양이 벨이 우리나라의 파p루스를 찾아갑니다. 거기에서 고양이 '벨'이 거인의 책을 읽고 사색합니다.

1

고독은 부자의 시간이다 –『월든』

고독이란 친구가 없는 것이 아니라
친구에게 휩쓸리지 않는 상태이다.

기쁨이와 아우라가 나를 데리고 여의도에 있는 국회도서관을 자주 찾는 이유가 있다. 밥값이 싸거나 에어컨이 빵빵해서 가는 것만은 아니다. 바로 파p루스가 있기에 가는 것이다. 국회도서관의 파p루스는 도서관 입구 왼쪽 계단 아래에 있다. 바깥에서 보면 지하실의 창문과 창살만 보인다. 어두컴컴하다. 하지만 안에는 수많은 장서와 책을 보는 많은 고양이가 있다. 그들의 뒷모습이 고독하다. 고독하기에 위엄이 있다. 오늘은 도서관 사서 고양이가 추천한『월든』을 읽어보았다. 난『월든』에서 고독의 힘을 보았다.

고독은 마음 맞는 친구다

여기 외로움의 시간을 고독으로 채우고 영혼의 성장을 한 사람이 있습니다. 헨리 데이비드 소로입니다. 소로는 이웃 하나 없는 외딴 숲속 월든 호숫가에 손수 오두막을 짓고 2년 2개월 2일을 살았습니다. 이 월든 호수 근처에서 숲속 생활을 먼저 한 사람은 에머슨입니다. 에머슨은 초월주의자이며 생태주의자로 소로의 정신적 스승이기도 합니다. 소로는 바로 여기에 오두막을 지었습니다. 들어올 이는 이 숲과 호수에서 하늘을 벗 삼아 땅을 일구고 산책을 하고 명상을 했습니다. 밤에는 등불을 벗 삼아 『월든』을 저술했습니다. 혼자라서 외로웠을 법한 그 시간을 고독으로 채웠습니다. 고독을 즐겼습니다. 고독의 시간 속에서 성장했습니다.

고독은 좋은 친구입니다. 소로는 그 어떤 훌륭한 사람보다 고독이야말로 진정 자신과 마음이 맞는 친구라고 했습니다. 세상의 모든 시끄러운 소리가 멀리 사라졌고, 들리는 것은 침묵의 소리뿐입니다. 혼자 있는 시간, 혼자 있는 공간을 외로움이 아닌 고독으로 채워졌습니다. 외로움과 고독은 다릅니다. 인터넷 위키 백과사전에는 외로움은 고통이고, 고독은 즐거움이라고 나와 있습니다. 외로움은 영어로 loneliness입니다. 사전에 나와 있는 대로 홀로 되어 쓸쓸하다는 뜻입니다. 외롭기에 고통스럽습니다. 쓸쓸하기에 시선은 외부로 향해 있습니다. 마음이 허합니다. 자신의 내부가 비어 있습니다. 쉽게 부서져 내립니다. 외로움은 혼자 있는 자신을 거부하는 것입니다. 혼자 있는 자신을 애처롭게 보는 마음입니다. 마음의 결핍을 외부에 기대는 마음입니다. 타인과 외부에 기대는 한 외로움의 마음은 채워질 수가 없습니다. 외로움의 시간은 멈춤의 시간이고 결핍의 시간입니다. 그래서 외로움을 고독함으로 바꾸는 노력이 필요합니다. 영어로 solitude입니다. solitude는 혼자 있는 시간을 즐겁게 받아들이는 주체적인 마음입니다. 고독은 성장의 시간입니다. 고독은 적극적인 시간입니다. 자신이 보는 것, 듣는 것, 생각하는 것, 경험하는 것 등 모든 것을 인정하는 것입니다. 나를 있는 그대로 받아들이는 것입니다. 자신의 목소리에, 자신의 영혼에 집중하는 것입니다. 행복한 성장의 시간, 영혼이 충만해지는 시간, 우리가 고독을 선택해야 하는 이유입니다.

고독은 사치스러운 시간이다

고독은 선택하는 것입니다. 고독은 자신을 단단하게 만드는 시간입니다. 소로는 고독을 가장 좋은 친구와 함께하는 가장 사치스러운, 부자의 시간이라고 했습니다. 나의 시간을 외로움으로 채울지 아니면 고독으로 채울지는 자신이 결정하는 것입니다. 소로는 고독을 선택했습니다. 그래서 늘 혼자이지만 혼자가 아닙니다. 고독의 시간에는 정적이 흐릅니다. 오직 자기 자신의 목소리를 듣습니다. 자신의 지향점을 생각하고, 무엇을 해야 할까에 집중하게 됩니다. 그래서 성장하게 됩니다. 고독은 자발적으로 나만의 시간과 공간 안에서 '나'라는 사람을 만들 수 있는 시간입니다. 외로움에 마음에도 없는 친구를 만나서 시간을 보내고 돈을 써본들 집으로 돌아올 때의 마음은 공허합니다. 수많은 잡담과 우스갯소리가 허공으로 사라집니다. 외로움의 시간에는 소음이 많습니다. 많은 이들이 자신을 향해 내뱉는 시끄러운 소리에 마음이 갈피를 잡지 못합니다. 끊임없이 자신을 타인과 비교를 합니다. 타인의 시선으로 자신을 혹독하게 질책을 합니다. 자신을 사랑하는 시간, 고독이 우리를 만듭니다.

팔려고 바구니를 짜는 것이 아니다

고독은 자신의 삶을 만들어가는 시간입니다. 소로는 고독 속에서 자기만의 속도를 찾았습니다. 자기만의 속도로 자기만의 바구니를 짭니다. 자신이 원하는 방식으로 삶을 이어갑니다. 모든 생명은 다 자기의 속도로 자랍니다. 꽃밭의 꽃들이 저마다 피어나는 때가 다르듯이, 고양이들이 다 자라는 때가 다르듯이 사람도 자신만의 속도로 성장합니다. 사람마다 다 성장의 때가 다릅니다. 성장하지 않아야 할 때는 없습니다. 물리적 나이는 어쩌면 숫자일 뿐입니다. 사춘기니 중년이니 노년이니 이런 말은 물리적 나이를 일컫는 말일 뿐입니다. 그런 단어 안에 자신을 구겨 넣을 필요가 없습니다. 사람은 언제 어디서든 성장하겠다고 결단을 한다면 그 순간 성장할 수 있습니다. 돈만이 우리 삶의 목적은 아닙니다. 바구니를 팔아서 돈을 벌지 않아도 됩니다. 팔지 않아도 생활할 방법을 생각하면 됩니다. 나만의 속도에 나만의 방법으로 삶을 찾아가면 됩니다. 고독은 레밍의 쥐처럼 모두가 한 곳으로 달려갈 때, 그 방향으로 가지 않아야 할 이유를 찾는 시간입니다. 우리가 모두 같은 방향으로 생각해야 할 이유는 없습니다. 사람이 먹고 사는 데 필요한 땅은 한 평이면 족합니다. 땅이 많아서 행복한 것은 아닙니다. 허황한 이상보다 현실에서 한 평의 땅을 일구는 것이 더 소중합니다. 뜬구름 잡는 이념보다 신성한 한 줌의 땅이 우리를 더 건강하게 만듭니다. 간소하게 살기를 원합니다. 식자재가 부족한 것도 아닌데 사치스러운 식사를 하지 못했다는 이유로 마음의 고통을 느끼는 아우라를 돌아보게 됩니다. 넘쳐나는 SNS의 화려한 브런치 사진들을 보며 부러워하는 것은 우리를 초라하게 만들 뿐입니다. 고독 속에 살았던 소로의 삶은 우리가 어떤 속도로 무엇을 하며 살아야 하는지 생각하게 합니다. 자신을 만드는 시간, 고독이 우리의 안식처입니다.

고요한 강물은 멈추지 않습니다

고독은 영혼의 휴식처입니다. 항구에서 배가 닻을 내리고 쉬듯이, 소로는 고독 속에서 마음의 닻을 내리고 삶의 에너지를 충전하였습니다. 먼저 가기 위해 서두르는 강한 비바람보다 도도히 흐르는 강물이 더 많은 이야기를 간직합니다. 강물은 고요합니다. 고요하지만 멈추지 않습니다.

꾸준히 한 방향으로 바다를 지향해 나아갑니다. 집에도 빈 공간이 필요하듯이 우리의 마음에도 숨을 쉬는 공간이 필요합니다. 우리의 마음에도 고독이 시간이 필요합니다. 우리 마음에도 자연이 살아 숨 쉬면 좋겠습니다. 우리 마음 속 한쪽 끝에 고독이 쉬는 자리를 내어 영혼이 쉬고 갈 수 있었으면 좋겠습니다. 고독의 시간이 우리를 더 단단하게 만들고, 자신의 발로 한 걸음씩, 자신의 손으로 북을 치며 앞으로 진군하게 합니다. 자신의 마음속에 지은 월든에서 즐기는 영혼의 사치, 고독이 우리를 강자로 만듭니다.

외로움의 시대입니다. 오프라인이든 온라인이든 다른 사람들과 연결되는 시간과 공간이 점점 많아짐에도 불구하고 사람들은 여전히 외로움에 힘들어합니다. 자신이 혼자 있다는 사실을 더 못 견딥니다. 군중 속의 외로움을 느낍니다. SNS에 올라오는 수많은 사진을 보며 자신과 남을 비교하며 박탈감을 느낍니다. 그리고 더욱 외로워집니다. 외로워서 타인에게 다가가 봅니다. 타인에게 가까이 다가갈수록 그만큼 타인은 점점 더 멀어집니다. 점점 더 자신은 작아지고 왜소해집니다. 타인과 함께 있지 않다고 해서 외로움을 느끼는 대신 자기 안의 가치를 깨닫고 자신 안에 있는 가치를 찾아 빛나게 하면 좋겠습니다. 고독은 나로 다시 태어나는 시간입니다. 우리 스스로 자신이 무한한 세계를 품고 사는 존재라는 점을 자각하고, 혼자임을 즐기면서 충만감을 느끼면 좋겠습니다. 고양이들이 혼자서도 잘 지내는 이유이기도 합니다.

2

글쓰기는 절대 고독이다
– 세한도와 프리다 칼로의 자화상 감상하기

부지런한 손가락의 힘이 고독을 이긴다.

오늘도 파p루스에서 독서를 한다. 고독하면 고양이이고 고양이 하면 고독한 존재가 연상된다. 누구도 침범할 수 없는 그 고독의 상태에서 누가 우리를 구원할 수 있을까?

배트맨이 절대 우물에서 탈출하는 법

배트맨 다크 나이트 시리즈에서 주인공 브루스 웨인이 깊은 우물 같은 감옥에서 자신의 손가락의 힘만으로 그 감옥을 탈출하는 장면을 본 기억이 있습니다. 아무도 도와줄 수 없고, 오로지 자신의 힘만으로 올라와야 하는 상황을 보면서 우물이라는 절대 공간과 절대 시간 속에서의 주인공의 절대 고독을 느꼈습니다. 절대 고독. 시간은 멈추고, 공간은 제한되고, 관계는 단절된 상태. 앞으로 나아갈 수도 뒤로 물러설 수도 없는 지점. 지나온 삶은 회한과 후회로 점철되고 미래는 안개보다 더 불투명한 짙은 어둠. 시간이 멈춤이 불면으로 이어지고 공간의 제한이 정신의 자유로움을 싹둑 잘라버리는 감옥에 갇혀 있는 상태. 떠오르는 모든 기억이 자신을 짓누르는 고통이 되는 순간들. 배트맨의 주인공은 자신의 힘으로 빛이 보이지 않고 숨조차 자유로이 쉴 수 없는 그런 습한 절대 우물을 빠져나왔습니다. 오로지 자신의 손가락 힘 하나에 의지하여 절대 공간과 절대 시간, 절대 고독을 넘어왔습니다.

벼루의 바닥을 밑창 내다

여기 깊은 우물에 빠져서 자신의 '손가락 힘'만으로 그 우물에서 올라온 두 사람이 있습니다. 먼저 추사 김정희입니다. 아우라가 자주 가는 양평에서 본 세한도를 그렸습니다. 양평은 아침 새벽에 새벽 물안개를 보러 가기도 하고, 저녁 해거름에 차를 마시러 가기도 하는 곳입니다. 또는 양평 시장에 순댓국이나 선짓국을 먹으러 가기도 하는 곳입니다. 거기로 들어서는 순간 공기가 습하다고 느껴집니다. 비가 조금이라도 온 날은 물안개로 시야가 금방 흐려지기도 합니다. 양평의 모든 곳을 좋아하지만, 두물머리와 세미원은 정말 가볼 만합니다. 이름이 이렇게 멋들어질 수가 없습니다. 두 물이 만난다고 해서 붙여진 이름입니다. 북한강과 남한강, 두 물이 만나서 두물머리입니다. 두물머리에서 두 물이 만나는 한 지점이 있는데, 정말 장관입니다. 두 세계가 만나는 신비로움이 있습니다. 두물머리 바로 옆에는 세미원이 있고 그 안에 세한도를 공간으로 펼쳐놓은 세한정이 있습니다. 오로지 세한도 하나만을 기념하는 곳입니다.

추사 김정희는 모든 사람이 알고 있듯이 어릴 적부터 재주가 뛰어났다고 합니다. 10개월이 아닌 24개월 만에 출산하였다거나 말랐던 우물이 추사가 태어나자 물이 다시 차올랐다는 탄생설화까지 가지고 계신 분이기도 합니다. 그는 출중한 능력으로 조기에 입신양명을 꿈꾸기도 했지만, 불행이 그치지 않았습니다. 10대 후반에 자신이 입양 갔던

큰아버지가 돌아가셨고 결혼 이듬해에는 친어머니가 돌아가셨습니다. 그리고 결혼 후 4년 뒤에는 부인 한산 이 씨가 사망하고 곧이어 스승 박제가가 사망합니다. 이후 친아버지의 탄핵과 10여 년간의 제주 유배 생활을 하고 끝내 복권되지 못한 채 삶을 마무리했습니다.

세한도는 그가 유배 생활을 하던 중 유배 후에도 변함없이 책을 보내주는 제자 이상적에 대한 고마움을 담아 그린 그림입니다. 세한이라는 말은 논어 자한편에서 따온 말인데 '사람은 고난을 겪을 때라야 비로소 그 지조의 일관성이나 인격의 고귀함 등이 드러날 수 있다.'라는 뜻입니다. 사람들은 이 그림에서 의리를 읽기도 하고 화풍이나 작품성을 읽기도 한다지만 저는 이 그림에서 그가 유배지에서 마주했을 절대 고독과 그것을 넘어서기 위한 그의 노력을 보았습니다. 제주에서 그가 받은 형벌은 '위리안치'의 형벌이었습니다. 즉 유배지의 가시 울타리 안에서만 기거하는 형벌이었습니다. 공간이 사람에게 미치는 영향은 큽니다. 넓고 높은 층고가 창의성에 도움이 되듯이 공간의 제약은 정신에 제약을 가합니다. 위리안치의 현실 속에서 정신적 자유와 정신적 지향점을 놓지 않기 위해 그가 할 수 있는 건 매일 벼루를 갈고, 붓을 드는 일이었을 것입니다. 추사는 평생에 벼루 열 개를 밑창 낼 정도로 끝없이 벼루를 갈았고 붓 일천 자루를 몽당붓으로 만들었다고 할 정도로 끊임없이 붓으로 쓰고 그렸습니다. 상실의 시간과 유배라는 절대 고독의 시간을 함께한 건 끊임없이 손으로 벼루를 갈고 붓으로 쓰고 그리는 일이었습니다. 벼루를 갈고 그림을 그리고 글을 쓰면서 절대 고독의 시간을 살아냈을 그가 느껴졌습니다.

자화상을 그리는 이유

절대 고통과 고독의 시간에 붓을 든 한 여인이 또 있습니다. 바로 프리다 칼로입니다. 18세 때 교통사고를 겪습니다. 그녀가 탄 버스가 전차와 부딪치면서 철봉이 척추와 골반을 관통해 허벅지로 빠져나갑니다. 그로 인해 척추가 부러지고 몸에는 수십 개의 철심이 박힙니다. 살아남은 게 기적입니다. 9개월 이상을 누워 지내면서 할 수 있는 일이라곤 그나마 자유로운 두 손으로 그림을 그리는 일뿐이었습니다. 그토록 바랐던 아이가 유산되는 순간에도 붓을 놓지 않았습니다. 남편 디에고 리베라가 숱은 여자들과의 염

문도 모자라 자신의 여동생과 바람이 나서 미쳐버릴 것 같은 순간에도 칼로는 손에서 붓을 놓지 않았습니다. 그저 누운 채로 자신의 육체적 고통과 정신적 고통을 담담하게 그림으로 이야기할 뿐입니다. 그녀의 그림 대부분이 자화상인 이유이기도 합니다. 이후 30여 차례의 수술을 감행하지만, 휠체어 생활을 할 수밖에 없었고, 척추의 고통은 점점 심해졌습니다. 나중에는 한쪽 다리마저 절단했다고 하니 그 고통이 상상 이상입니다. 그녀의 유언이 죽기 전에 남긴 일기에 드러납니다. '이 외출이 행복하기를 그리고 다시 돌아오지 않기를.' 다시는 돌아오고 싶지 않을 정도의 고통의 시간과 남과 나눌 수 없는 절대 고독의 시간이 느껴졌습니다. 칼로는 붓이 있었기에 그 시간을 견딜 수 있었습니다.

어느 작가는 글쓰기야말로 절대 고독의 시간이라고 했습니다. 브루스 웨인이 손가락에 의지하여 우물을 빠져나오듯이, 김정희가 손끝으로 벼루를 갈아 구멍을 내듯이, 칼로가 오직 유일하게 자유로운 손으로 자화상을 그리듯 노트북 안에서 자신이 만든 절대 고독을 마주하고 끊임없이 움직이는 아우라의 움직이는 손이 경이롭습니다. 오직 자신의 고독과 대면하여 혼자 질문과 대답을 반복하며 자판을 두드리는 소리가 끊임이 없습니다. 이 노므 집구석에 아무도 없을 때 나와 레옹이 녀석이 벽과 얼굴을 마주하고 거의 모든 벽에 스크래치 내는 이유이기도 합니다. 사각사각거리는 소리만이 집안에 울려 퍼집니다.

3

삶에서 도망치는 법
–『창문 넘어 도망친 100세 노인』

아무것도 하지 않으면 아무 일도 일어나지 않는다.

파p루스로 가려면 노량진역에서 지하철로 갈아타야 한다. 지하철 옆 입구 옆에 칼국수를 파는 식당이 있다. 부부가 운영하는 작은 곳이다. 신경 써서 보지 않으면 그냥 지나치기에 딱 적당한 크기의 식당이다. 아우라와 기쁨이는 각각 칼국수와 칼제비를 주문한다. 밀가루 반죽에서 손맛이 느껴진다. 수제비가 찰지고 담백하다. 아우라는 이 집에서 몇 번 식사하더니 주인 내외와 수다를 떠는 사이가 되었다. 40년을 한 자리에서 장사를 했다. 그 덕에 자식 둘 다 공부시키고, 결혼까지 시켰다. 지금은 경제적으로 여유가 생겨 굳이 일할 필요는 없지만, 자신을 오랫동안 찾아온 손님들을 실망하게 할 수 없어 계속 일을 한다고 한다. 부부만의 조리법을 찾아 먼 길 마다하지 않는 오래된 손님들이 많다는 이야기다. 덕분에 기쁨이와 아우라는 무언가를 오랫동안 반복했을 때 오르는 그 경지의 맛을 만날 수 있어 너무 좋다며 단골이 되는 걸 예감한다. 도서관 사서 고양이는 『창문 넘어 도망친 100세 노인』을 추천한다.

100세 노인은 어디에 있어야 할까요?

에어컨이 빵빵하게 돌아가는 파p루스에서 도서관 사서 고양이가 추천한 『창문 넘어 도망친 100세 노인』을 읽었습니다. 대체 우리가 있어야 할 적당한 곳은 어디일까 하는 의문이 들었습니다. 10대, 20에는 주로 학교에 있어야 하고, 그 이후는 회사에 있거나 가정 또는 그 어디에 있어야 합니다. 100세의 노인이 있기에 적당한 곳은 어디일까요? 아마도 요양병원 아니면 병원 응급실 아니면 집안의 침대쯤이라고 대답할지도 모르겠습니다. 우리의 예상을 뒤엎고 주인공 알란은 100세가 되는 생일날 아침에 자신의 100

세 축하 파티를 피해 창문을 넘어 도망을 칩니다.

도망치기

알란의 나이는 이제 100세입니다. 알란은 자신의 100세 생일을 축하해주지 않기로 마음먹었습니다. 나이 듦이 축하의 대상이었던 시기가 있습니다. 나이 듦이 드물었기에 나이 듦이 지혜와 동일시되고, 존경이 대상이 되었던 때가 있었습니다. 하지만 오늘날은 좀 다릅니다. 나의 나이 듦이 누군가의 시간이나 노력이 필요하다면 이야기는 좀 달라집니다. 100세에 대한 사람들의 기대가 더 무엇을 욕망하지 않는다는 것으로 채워진다면 이야기는 좀 달라집니다. 그래서 도망치기로 합니다. 이 책의 제목인 『창문 넘어 도망친 100세 노인』이라는 제목을 보고 정말 궁금했습니다. '100세 노인이 왜 도망쳤을까?' 하고요? 100세 노인이 무슨 잘못을 할 나이는 아니니까요. 그래서 제가 모르는 뜻이 더 있나 하고 네이버 사전을 검색해봤습니다. '도망: 무언가를 피하거나 쫓김'이라고 나와 있습니다. 그럼 무엇을 피하고 무엇으로부터 쫓김을 받았을까 하고 생각해 봤습니다. 알란은 세상의 시선에서 벗어나고 싶었습니다. 요양원은 도망쳐 나와야 하는 피해야 할 곳이었습니다. 세상은 알란이 요양원에 있기를 기대했습니다. 요양원은 알란이 있고 싶은 곳이 아니라 남들이 있으라고 한 곳이었습니다. 세상의 기준으로부터 피하고 싶었습니다. 팔딱팔딱 살고 싶은 알란에게는 적당한 곳이 아니었기에 도망쳐 나올 수밖에 없는 곳이었습니다. 도망 나올 때 만반의 준비를 해야 합니다. 실패하지 않아야 하고 내가 옳았다는 것을 보여주어야 하기에 오랜 시간 공들여 준비해야 합니다. 하지만 알란은 그러지 않았습니다.

발사 후 조준하기

알란은 도망쳐야 한다는 생각이 떠오르자마자 바로 실행에 옮겼습니다. 조준할 목표도 없이 적어도 여기는 아니라는 판단하게 바로 발사를 했습니다. 어디로 가야 할지 정하기도 전에 알란은 이미 양로원 1층의 자기 방 창문을 열고 화단으로 뛰어내리고 있었습니다. 우리는 무언가를 결정하기 위해 오래 생각합니다. 신중함이라는 가치를 실현하기 위해 생각이 꼬리에 꼬리를 물고 조준점을 찾다가, 결국은 조준하기 이전의 영점으로 돌아오는 경우가 허다합니다. 바로 행동에 옮기는 태도가 필요합니다. 생각만 하고 아무것도 하지 않는다면 아무런 경험이 쌓이지 않습니다. 아무것도 안 하는 것보다 실패하더라도 뭔가를 한다면 그만큼은 배우게 됩니다. 자기계발 공부도 3개월만 하라고 합니다. 그 이후는 공부만 하지 말고 실행하라는 이야기였습니다. 알란은 목표를 찾거나 혹은 목표를 향해 조준만 하다 시간을 놓치는 오류를 범하지 않았습니다. 알란은 생각이 떠오르자마자 말름셰핑 마을의 양로원 1층의 자기 방 창문을 바로 넘었습니다. 그리고 넘으면서 무슨 생각을 했을까요?

어디서 죽을 것인가?

조금 전까지만 해도 양로원이 자신의 삶을 마무리할 장소였습니다. 양로원은 간호사와 조무원들의 도움을 받으며 한가하지만, 무료한 삶을 보내야 할 마지막 장소였습니다. 마치 정해진 계획처럼 그렇게 한다면 많은 사람의 기대에 부응하는 그런 마무리였을 것입니다. 하지만 꼭 그렇게 해야 한다는 법은 없습니다. 다른 곳에서 죽는다고 해서 문제가 될 게 없습니다. 양로원에서의 죽음은 편안한 죽음이 예상됩니다. 하지만 진정 어디서 죽어야 편안한 죽음인지 의문이 듭니다. 최근에 안락사를 선택한 한 분의 신문기사를 읽은 적이 있습니다. 암으로 아내를 먼저 보내고, 신장투석으로 삶을 연명하고 계시는 분이셨습니다. 삶의 마지막을 집이나 병원이 아닌 외국에 가서 안락사를 선택한다는 기사였습니다. 남은 생을 어떻게 마무리해야 할지에 대한 그분의 생각에 일주일에 3번 하는 신장투석의 힘듦과 혼자라는 외로움은 부가적인 것으로 보였습니다. 죽음이 삶의 한 형태이고, 삶의 마무리라면 언제, 어떻게 죽는 것에도 자신의 의지가 개입될 여지가 많아 보입니다. 죽음 이후의 여러 절차와 그 죽음을 감당해야 할 가족을 생각하면 집이니 요양원에서 조용하게 가족들에게 둘러싸여 마지막을 보내는 게 나빠 보이지는 않습니다. 하지만 자기 삶의 측면에서도 과연 그렇게 하는 것이 좋은지 알란은 고민했습니다. 알란은 과감하게 결단을 내립니다. 죽을 곳은 자신이 정하겠다고요. 그리고 어디를 갔을까요?

심장의 소리 듣기

딱히 어떤 장소를 정하지 않았습니다. 다만 자신이 가진 돈으로 갈 수 있는 최대한 먼 장소를 선택했습니다. 기발한 방법입니다. 가려는 장소에 맞는 돈을 지불하는 것이 아니라 지불할 수 있는 돈 50크로나로 갈 수 있는 목적지를 선택합니다. 운명이 있다면 어디든 알란을 데려갈 것입니다. 알란이 내민 돈 50크로나로 갈 수 있는 곳은 48크로나 표인 뤼빙에 역입니다. 거기에서 지난 몇 년 아무와도 이야기를 나눠 본 적 없는 율리우스 요나손과의 만남은 새로운 변곡점으로 이어집니다. 50크로나는 자신의 현재 역량으로 갈 수 있는 최대치를 말하는 것입니다. 자신의 여행에서 꼭 어딘가를 목적지로 하지 않고도, 지금 할 수 있는 만큼만 하다 보면 결국은 어딘가에 이르게 됩니다. 방향성이 중요합니다. 방향성은 누가 알려주지 않습니다. 천년의 동굴에 빛이 비치기까지 천년의 시간이 필요한 게 아닙니다. 한순간, 찰나의 순간에도 빛은 동굴을 환하게 합니다. 순간의 깨달음, 순간의 심장이 말하는 소리를 들을 수 있는 감각과 지혜를 가진 사람이 참 좋습니다. 자신의 심장이 하는 소리를 듣고 일단 한 걸음을 내디디면 충분합니다. 곡예를 하는 코끼리 이야기는 아마 다 아실 겁니다. 아기 때부터 줄에 묶여서 키운 코끼리는 그 줄이 없어져도 자신의 행동반경을 넓히지 못한다고 하는 이야기요. 큰 코끼리는 사실 그 줄로부터 도망쳐 나올 의지마저 빼앗긴 거나 다름없습니다. 다행히도 알란은 그 의지만큼은 빼앗기지 않았기에 요양원이라는 관습과 현실로부터 도망쳐 나올 수 있었습니다.

아우라도 도망친 적이 있습니다. 대학교 시절 많이도 강의실을 빠져나왔습니다. 마땅히 어디를 목적지로 한 건 아니었습니다. 다만 강의에 집중이 안 되었고, 그 무엇도 하지 않는 관념의 언어들을 받아들일 수가 없었습니다. 친구들이 모여서 주먹을 불끈 쥐고 어깨를 서로 걸며 노래를 부르는 광장과 자신의 미래를 위해 열심히 공부하는 도서관, 도망 나온 강의실. 그 세 꼭짓점의 한가운데쯤에 있는 작은 공간에서 친구들을 만나 미래를 이야기했습니다. 그 기억으로 다양한 사람을 만났고 삶의 어려움을 헤쳐 나갈 수 있었습니다.

도망쳐 나온 알란은 이제 세상 속으로 걸어갑니다. 세상 속에서 백과사전 내용만큼이나 다양하게 살아가는 사람들을 만납니다. 백과사전을 읽는 듯한 알람의 사람 만나기는 계속 이어집니다. 창문 넘어 도망치지 않았다면 결코 할 수 없었던 멋진 경험을 합니다. 그 경험이 쌓여 삶이 이루어집니다. 가끔은 기대를 벗어나기도 하고 계획을 바꾸기도 하면서 예정되지 않은 우연을 거부하지 않고, 우연에 순응하며 그것을 운명으로 받아들이는 것도 나빠 보이지 않습니다. 나의 도망과 타인의 도망을 허하는 하루가 되면 좋겠습니다. 고양이 레옹이가 식탁 위 바쁨이의 다이어트용 닭가슴살을 들고 냅다 도망치는 이유이기도 합니다. 바쁨이는 이런 레옹이의 의외성에 놀람과 재미를 동시에 느끼며 바로 카메라로 담습니다. 카메라 셔터 소리가 조용한 오후의 나른함에 적당한 긴장감을 줍니다.

4

우리는 모든 '처음'을 용서해야 한다
– 『욕망하는 힘, 스피노자 인문학』

모든 인간은 서로에게 존경의 대상이 아니라 연민의 대상이다.

파p루스가 있는 국회도서관에 가려면 지하철 국회의사당역에서 하차하고 에스컬레이터를 타고 도로 위로 올라가야 한다. 지하에 있는 에스컬레이터 입구에서부터 확성기 소리가 크게 들려온다. 길 위로 올라와서 도서관 정문을 바라보면 피켓을 들고 목소리를 높이는 사람들이 쫙 늘어서 있는 것을 본다. 간호법이라는 단어도 들리고 이태원이라는 단어도 들린다. 얼마나 오래됐는지는 모르겠지만 사람이 머무는 텐트도 보인다. 그 앞에서는 지나가는 사람들의 걷는 속도가 느려진다. 그들의 목소리에 가던 길을 멈추는 사람도 있다. 도서관 사서 고양이가 오늘은 『욕망하는 힘, 스피노자 인문학』을 추천한다.

친구 그림을 지우개로 지웠다

아우라는 지나간 시간을 돌아보며 지금이라면 하지 않았을 행동에 대해 왜 그렇게 행동했는지 곱씹어 볼 때가 있습니다.

중학교 때 일입니다. 같은 분단에 아우라를 포함하여 앞뒤로 앉은 친구 4명이 있었습니다. 아우라는 자신과 대각선 방향으로 뒤에 앉은 '강'이라는 아이와 말이 잘 통했습니다. 강은 뭐든 잘하던 아이였는데 그중에 그림을 무척 잘 그렸습니다. 반면 아우라는 정말 그림에 소질이 없었습니다. 어느 미술 수업시간을 앞둔 쉬는 시간에 뒤로 돌아 앉은 아우라는 강과 서로 자신의 스케치북에 밑그림을 그리며 수다 삼매경에 빠져 있었습니다. 수다를 떠는 와중에도 그 아이는 밑그림을 척척 그리는 것이 한 눈으로 봐도 잘된 그림이었습니다. 강은 완성을 눈앞에 두고 화장실로 갔습니다. 아우라는 깜찍하게도 그 아이의 그림에 손을 댔습니다. 지우개로 일부분을 지운 거였습니다. 화장실을 다

녀온 강은 화가 났고, 아우라는 자신이 했다고 말도 못 하고 가만히 숨죽였던 기억이 있습니다. 그 일 때문이었는지 아니면 학년이 올라가면서 서로 다른 반이 되어서 그랬는지 그 아이와는 멀어졌습니다. 그리고 대학을 진학하고 우연히 어느 술자리에서 강을 만나게 되었습니다. 아마 술을 마신 김에 말했을 것입니다. 그때 그 그림을 망친 건 사실 아우라 자신이었고 미안하다고 말입니다. 그 아이는 웃으면서 "기억은 잘 안 나지만 다 지난 일"이라고 털털 웃으며 술잔을 기울였습니다. 친구의 그림을 망치고 몇 년 후에 미안하다고 한 일련의 그 일은 오랜 시간 마음에 남아 있었습니다. 다 완료된 일이라 여기니 마음에 담아둘 일은 아니지만 남의 그림에 손을 댄 이유와 오랜 시간이 지난 시점에 미안하다고 한 그 마음은 대체 뭔지에 대해 여전히 의문으로 남아 있었기 때문입니다.

죄책감, 자신이 채운 쇠고랑

최근에 스피노자에 대한 글에서 그 실마리를 찾았습니다. 오랜 시간이 지나고서도 강에게 그 말을 한 건 아우라 자신 안의 죄책감 때문이었습니다. 죄책감이 마음 안에서 점점 커졌던 것입니다. 스피노자는 자신의 죄와 행동에 대해 스스로 벌을 주고 자신이 직접 채운 무거운 수갑이나 쇠고랑을 찬 마음을 죄책감이라고 하였습니다. 맞습니다. 아우라는 오랜 시간 마음에 무거운 쇠고랑을 매달고 있었습니다. 아우라는 종종 그 친구와 멀어진 게 자신 때문이라는 생각을 지우지 못하고 있었습니다. 그 쇠고랑은 무의식에 깔려 있으면서 우리를 저 아래로 끌어당깁니다. 그 무거운 쇠고랑을 벗어날 수가 없습니다. 몸과 마음이 한없이 무겁습니다. 죄책감은 자신을 과거의 시간으로 소환합니다. 죄책감은 파괴적인 감정입니다. 과거의 그 사건이 일어난 시간에서 벗어날 수가 없습니다. 시간이 흐르지 않습니다. 그 죄책감을 해소하고자 몇 년이 지나서 친구에게 사과했습니다.

욕망이 행동을 이끈다

그렇다면 죄책감 이전에 아우라가 은의 그림을 망친 행동을 한 건 어떤 마음이었을까를 들여다봤습니다. 스피노자는 행동의 아래에는 욕망이 있다고 했습니다. 욕망이 없으면 행동도 하지 않습니다. 욕망이 행동을 이끄는 원인입니다. 다시 말해 감정에 휘말린 파괴적 욕망, 자신의 명예에 대한 욕망이 사람으로 하여금 행동하게 합니다. 은의 그림을 망친 행동은 아우라의 경쟁심에서 비롯된 질투심이라는 욕망이었습니다. 자신보다 뛰어난 점을 인정할 수 없다는 마음, 이기고 싶다는 마음이 강을 망치고 싶어 하는 욕망으로 변질하였을 것입니다. 강을 인정하고 싶지 않다는 감정이 강을 망치겠다는 파괴적인 욕망으로 발전했고, 그 파괴적인 욕망이 밑그림을 훼손하는 행동으로 이어졌던 것입니다. 그리곤 죄책감에 시달렸습니다. 죄책감을 벗어나고자 강에게 용서를 구했습니다.

필연에 대해

스피노자는 무엇을 선택하는 건 자신의 역량의 전부라고 합니다. 자신의 역량을 넘어선 선택은 할 수가 없습니다. 그런 선택은 운명이니, 우연이니 하는 그런 것이 아니라 그저 자신이 가진 역량의 표현일 뿐이니 필연이라는 것입니다. 모든 일의 발단은 질투심, 경쟁심이라는 감정과 파괴적인 욕망이었고 아우라는 당시에 그 감정과 욕망을 다룰 만한 역량이 없었습니다. 그런 감정을 어떻게 해소하고 풀어야 하는지조차 생각하지 못하는 나이였습니다. 사실 강은 대학도 미대로 진학할 정도로 미술에 재능이 있는 아이였지만 당시의 아우라는 그런 것을 판단할 만한 역량이 없었습니다. 아우라가 당시에 그림을 망치건 자신의 역량으로 자신의 욕망을 해결하는 유일한 방법이었다는 말입니다. 아우라가 그림을 망친 건 역량의 전부이니 어쩔 수 없는 필연이었을 것입니다. 스피노자는 지금의 역량이라는 기준으로 과거의 자신을 심판하거나 평가하지 말라고 합니다. 그건 마치 100억의 재산을 일구고 나서, 과거에 돈이 없어 남의 빵을 넘겨보며 눈물 흘리던 자신을 부끄러워하는 어리석음이나 마찬가지입니다. 과거 남의 빵을 부러워하며 눈물짓던 그 시기가 있었기에 오늘날의 100억의 재산을 모을 수 있었음을 잊어서는 안 됩니다.

그러니 지금 역량의 기준으로 과거의 자신을 심판하지 말고 자신의 행동 속에 숨어 있는 욕망을 제대로 처리하지 못한 자신을 용서해야 합니다. 다시는 같은 일을 반복하지 않으려는 노력이 중요하다고 스피노자는 말합니다. 자기 자신을 용서하고 죄책감을 없애야 합니다. 부정적인 자기 연민에서 벗어나야 합니다. 자기 자신을 배려하고 자신을 긍정적으로 바라봐야 합니다. 자신을 용서하는 것은 자기 성장의 첫발입니다. 스피노자는 자신을 용서하는 것에서 한 발 더 나아가서 자신에게 상처를 준 이를 떠올려보라고 합니다. 나에게 상처를 준 그의 행동 역시 그가 가진 역량의 한계가 아닐까 싶습니다. 그 역시 역량이 미미한 인간이기에 용서라는 단어를 꺼내 봅니다.

아우라는 요즘 깨닫는 게 있습니다. 누구나 처음밖에 살 수가 없다는 것 말입니다. 엄마라는 역할로, 아내라는 역할로, 또 아우라 자신이라는 역할로 살고 있지만, 이 모두 처음으로 사는 삶입니다. 엄마로서 잘한다고 해서 나라는 역할을 잘해내는 것도 아니고, 나로서 잘 산다고 해서 엄마의 역할을 잘해내는 것도 아닙니다. 모든 역할이 그렇듯이 엄마로서의 경험도 처음이라 낯섭니다. 어제까지 잘 살았든 못 살았든 매일매일의 오늘은 또 처음입니다. 엄마로서, 아내로서, 나로서, 직장인으로서 처음 겪는 오늘입니다. 아우라 자신의 삶이 처음이라 어리숙하다고 어설프듯이, 나에게 상처를 준 사람의 삶도 처음이라 어렵고 두려웠을 것입니다. 스피노자는 종교적 이유로 파문을 당해 평생 안경알을 깎는 일을 하며 어렵게 살았지만, 인간에 대해 용서와 연민을 잊지 않았던 것 같습니다. 처음이라 자신을 용서할 수밖에 없듯이, 처음이었던 그들을 또한 용서하고자 하는 처절한 몸부림을 스피노자에게서 봅니다. 그의 너무나 인간적인 온기가 400년이 지난 오늘날에도 전해집니다. 우리 고양이를 만지면 따뜻함이 느껴지는 이유이기도 합니다.

5

강한 긍정은 강한 부정이다
-『캉디드 혹은 낙관주의』

구름에 가려 안 보여도 태양은 떠 있다.

파p루스 위의 국회도서관은 온종일 시간 보내기에 참 좋다. 식비가 저렴하고 식단이 영양 면에서 균형적이고 자율 배식이라 양껏 먹을 수가 있다. 두세 번 더 먹어도 누가 눈치 주는 사람도 없다. 아우라가 자주 오는 이유 중의 하나이기도 하다. 식후에 먹는 편의점의 달달한 커피는 환상이다. 다이어트니 뭐니 해도 달달한 음료가 당기는 날엔 커피 믹스가 딱 맞다. 오늘도 아우라는 믹스 커피를 들고 도서관 앞 운동장 옆 그늘에 앉았다. 저는 그 옆에 앉아 오늘 파p루스에서 읽은『캉디드 혹은 낙관주의』가 주는 의미에 대해 사색한다.

“매독은 필요한 것이다”

솔직히 굉장히 흐름이 빠르고 상징성이 짙어서 한 번 읽고는 무슨 말인지 몰랐습니다. 그래서 해설과 연보까지 다 읽은 후 다시 한번 책을 읽고 나니 그때야 메시지를 어림짐작할 수 있었습니다. 우선 볼테르는 본명이 아닙니다. 필명입니다. 본명은 프랑수아 마리 아루에입니다. 이 책은 볼테르가 60세가 넘어서 쓴 책입니다. 20, 30대의 젊은이들이 들려주는 글이 주는 장점도 많지만, 인생의 황혼까지 살아본 자만이 줄 수 있는 묵직함의 미덕이 또 있습니다. 그는 자신의 철학을 대중에게 쉽게 알리려고 철학적 꽁트라는 분야를 개척하여 에둘러서 사회를 비판하고 있습니다. 계몽주의 철학자라 불리는 만큼 그가 당시의 사람들에게 주려고 하는 메시지가 분명한 책이라고 생각합니다.

이 책은 캉디드, 툰더텐트론크 남작의 아들과 남작의 딸인 퀴네트 공주, 그리고 팡 글로스 박사가 세상을 돌아다니며 겪는 여행기 비슷한 책입니다. 캉디드는 독일 베스트팔렌 지방 툰더텐트론크 남작의 조카이며, 팡글로스 박사는 그 집의 가정교사입니다. 팡글로스 박사는 모든 일은 최선을 향해 나아간다는 낙관주의적 사상을 충실히 따르는 사람입니다. 제목에서 나오는 것처럼 캉디드는 '순박하다', '순진하다'라는 뜻을 가지고 있고, 철학 선생 팡글로스의 영향을 받아 낙관주의적 가치관을 가지게 되었습니다. 캉디드에게 최선의 행복은 주어진 삶에 순응하고 그것에 만족하는 것입니다. 캉디드는 퀴네트양으로 태어나는 것과 그녀를 매일 보는 것을 최선의 행복이라고 여기는 순박한 사람입니다. 캉디드는 신분의 차이를 넘어 사촌인 퀴네트 공주를 사모하였습니다. 급기야 이 둘은 사랑에 빠져 키스를 나누는 관계로까지 발전합니다. 그 장면은 캉디드의 삼촌이자 퀴네트 공주의 아버지인 남작에 발각되었고, 캉디드는 낙원 같은 툰더텐트론크에서 추방을 당합니다. 그 후 온갖 세상을 경험합니다.

그들 앞에 펼쳐진 세상입니다. 의지할 곳 없이 이곳저곳 떠돌다가 불가리아 군대로 끌려갑니다. 화창한 봄날 산책을 하다 법률을 어겼다는 이유로 연대의 모든 군인으로부터 4천 대의 태형을 맞습니다. 지진이 난 리스본에 갑니다. 거기에선 화형식을 목격하고 볼기를 맞기도 합니다. 퀴네트 공주를 찾아 헤매는 과정에서 사람을 여섯 명이나 죽이기도 합니다. 불가리아 군대에 의해 남작 집안은 풍비박산이 납니다. 팡글로스 박사는 남작의 몸종 파케트로 인해 매독에 걸립니다. 리스본에서는 화형을 당하는 위기에 처하기도 합니다. 퀴네트 공주는 불가리아 군인에 의해 강간을 당하고, 불가리아 장교의 정부가 됩니다, 급기야 유대인 돈 이사샤르에게 팔립니다. 그리고 그 유대인과 종교재판소장과의 공유물이 되기도 합니다. 이런 세상 앞에서 여전히 팡글로스 박사는 지진을 '아주 좋은 것'이라고 말하거나, 매독을 최상의 세계에서 '필요한 것'이라 말하는 낙관주의를 견지합니다만 캉디드는 이 세상이 최선을 향해 나아간다는 낙관주의에 회의를 가지기 시작합니다.

이런데도 낙관주의를 가질래?

저는 궁금했습니다. 이들이 겪은 경험을 보면 이 세상을 최선의 세계라고 보기가 어려운데 왜 팡글로스는 낙관주의를 견지하고 있을까 하고 말입니다. 아무리 생각해도 전쟁, 식인, 추방, 살인, 태형 등등이 일어나는 사회를 결코 '최선을 다해서 만든 사회', 즉 낙관적 사회라고 보기는 어렵기 때문입니다. 강한 긍정은 강한 부정이라는 말이 있습니다. 낙관주의를 통해 현실에 대해 철저하게 비관적인 생각을 하고 있지 않았나 싶습니다. 즉 팡글로스 박사의 낙관주의는 오히려 비참한 현실을 더 강조하게 됩니다. 식인종이나 살인, 인신 공양 그리고 신분 차이로 끝까지 캉디드와 퀴네트 공주의 결혼을 반대하는 오빠 등 당시 사회의 적나라한 현실 앞에서 낙관주의를 내세우는 팡글로스를 통해 "세상이 이러한데도 낙관주의를 가질래?" 라고 되묻고 있는 것으로 보입니다. 낙관주의자 팡글로스 박사와 그에게 영향을 받은 캉디드를 통해 낙관주의를 회의하게 되고, 낙관주의적 관점이 옳지 않을 것일 수도 있음을 생각하게 합니다.

그럼에도 낙관주의를 가져야 한다

비참하고 고통스러운 현실을 이겨나가기 위한 수단으로서, 방법으로서, 자세로서 낙관주의를 표방하는 것으로 보입니다. 비관적인 세계에서 낙관주의를 가져야 하는 이유는 문제 해결의 실마리가 보이기 때문입니다. 낙관주의는 문제를 해결할 수 있지만, 비관주의는 문제를 해결할 수 없습니다. 현재의 세상을 진심으로 낙관주의적 관점으로 봐도 되는 사회를 만들기 위해서 우리가 무엇을 어떻게 해야 하는지를 고민하게 합니다. 이 세계가 낙관주의에서 의미하는 최선인 사회가 되려면 우리는 무엇을 해야 하냐는 질문을 던지게 됩니다. 이 세계가 낙관적 세계가 되려면 우선 팍팍한 현실을 제대로 인식할 수 있는 새로운 관점과 새로운 사회로 나아가고자 하는 의지와 신념을 가져야 합니다. 지금 사는 삶이 질곡이라면, 지금 사는 세상에서 고통을 느끼는 사람들이 있다면 이 세상을 좀 더 살기 좋은 곳으로 바꾸고자 하는 마음을 먹는 것만으로도 변화는 시작이 됩니다. 볼테르의 계몽주의 사상은 프랑스로 넘어가서 프랑스 혁명에 영향을 주었습니다. 심한 빈부격차로 민중들이 굶주리고 신분에 의해 차별을 받던 사회를 바꿔야 한다는 정신적인 동기를 제공한 것입니다. 요즘 말로 하면 이런 사회를 쫌 바꿔야 한다는 신념을 부여하게 된 것입니다. 생각이 바뀌면 행동이 바뀌고, 행동이 바뀌면 삶이 바뀝니다. 삶이 바뀐 사람들이 많아지면 사회가 바뀌는 것은 당연한 일입니다. 사람들이 낙관주의를 견지하며 세상을 바꿔야 한다는 생각을 하는 것 그것이 변화의 시작입니다.

우리의 밭을 가꿔야 한다

세상을 돌아다니며 전쟁, 고문, 강도, 살인 등의 숱한 시련을 겪은 후 캉디드는 연인 퀴네트 공주를 만나 결혼에 성공합니다. 하지만 아내의 외모는 점점 추악해지고 가난한 현실에 짓눌려 성격은 포악해지는 그의 불운은 계속됩니다. 캉디드는 자신들의 부조리한 운명을 사색하고 있는 중에 시골의 가난한 농부가 소박한 삶을 살며 평화롭게 지내는 것을 보고 깨달음을 얻습니다. 권태, 방탕, 궁핍의 세 가지 악을 벗어나려면 노동을 해야 하고, 여전히 우리는 우리의 밭을 가꿔야 한다는 깨달음입니다. 당시 신분제하에서는 일하는 사람과 일을 하지 않아도 되는 사람들이 구분되어 있었습니다. 일하지 않아도 되는 소수의 사람은 자신의 노력과 능력과 관계없이 단지 성직자나 귀족이라는 이유 하나로 많은 부와 권력과 명예를 독점하였습니다. 반면 다수의 사람은 자신의 의지와 관계없이 평생 일을 해야만 하고 동시에 온갖 의무를 다하면서도 일에 대한 정당한 대가는 당연히 받을 수가 없었습니다. 노동이 세 가지 악에서 멀어지고, 자신의 밭을 갈아야 한다는 말에서 일의 가치와 일을 통해 자신의 삶을 영위하는 것의 가치를 생각합니다. 모든 사람이 평등하고, 자유롭게 일을 하는 사회, 모든 사람이 자신이 일한 대가를 받고 그 대가를 지키며, 삶을 누리며 살 수 있는 그런 사회를 만들고자 했던 그의 의지가 보입니다.

당시의 신분제 사회에서 신분의 고하를 막론하고 노동의 신성함을 이야기하거나 자유니 평등을 외치는 것은 목숨을 걸어야 하는 가치였을 것입니다. 그래서 볼테르는 이 가치를 직접 주장하지 못하고 돌리고 돌려서 우화라는 형식 또는 풍자라는 형식을 취할 수밖에 없었다고 봅니다. 낙관주의는 당시의 사회의 칼끝을 피하는 재치 있는 하나의 장치로 쓰지 않았을까 하는 생각도 해봅니다. 어느 사회에도 해야 할 말을 하는 사람들은 우회적인 방법으로라고 하고 싶은 이야기를 하잖아요.

비관주의는 낙관주의를 이길 수 없습니다. 낙관주의자가 세상을 변화시킬 수 있다고 생각합니다. 비바람이 몰아치는 한가운데서도 저 위에 태양은 항상 떠 있습니다. 잠시 가려져 있을 뿐입니다. 나아가려는 자는 머리 위의 태양을 잊어서는 안 됩니다. 목을 축 늘어뜨리고 발아래의 땅으로 시선을 내리꽂아서는 안 됩니다. 오늘 우리는 오늘 하루의 삶을 살아야 합니다. 어제의 시간은 지나갔고 내일은 아직 오지 않았습니다. 오늘의 삶의 밭을 가꾸어야 하겠습니다. 인간이 인간답게 살고 모든 생명이 더불어 같이 살아가는 사회에 대한 낙관적인 기대를 포기하지 않는 것은 우리 고양이들이 꼬리를 바짝 세우고, 목에 힘을 빡 주고, 머리를 꼿꼿하게 쳐들고 우아하게 걷는 이유이기도 합니다. 지금은 우리가 당연시하는 자유와 평등의 깃발을 세운 그들의 영혼에 잠시 접속해 봅니다.

6

실패할 권리를 허락하라 –『멋진 신세계』

사람은 실패를 통해 성장한다.

파p루스는 지하 1층부터 지하 5층까지 책으로 꽉 차 있다. 아무래도 국회도서관 지하에 위치하다 보니 보안에 각별하게 신경을 쓰고 있다. 가지고 간 물건은 입구에 있는 개인사물함에 넣어야 한다. 그리고 회원 가입은 필수이다. 홈페이지에서 로그인해야 열람증을 받을 수 있다. 그걸 들고 보안 검색대를 거쳐 입장한다. 책을 보려면 열람 대에서 대출 신청을 해야 한다. 1시간 정도가 지나면 대여 완료 알람이 뜬다. 이제 책을 받아서 볼 수 있다. 서가가 대부분이지만 곳곳에 열람실과 라운지가 있어 어디서든 책을 읽을 수 있다. 거기서 일하는 고양이들이 다 친절하니 어려움이 있으면 도움을 요청하는 것도 좋다. 오늘은 『멋진 신세계』를 대출해서 읽으려고 한다.

실명에도 글을 쓰는 사람들

요즘에 책을 많이 읽으니 눈이 뻑뻑하고 눈물이 자꾸 나옵니다. 가을이라 건조해서 더 그런 것도 있습니다. 아우라도 노안이 오는 건 어쩔 수 없나 봅니다. 몽골인 시력을 자랑하던 아우라도 돋보기를 끼고 연신 눈물을 닦으며 책을 봅니다. 책을 많이 읽어서 눈이 안 좋아지는 것인지는 모르겠지만 책을 가까이한 사람 중에 시력을 상실한 분들이 더러 있습니다. 존 밀턴이 있습니다. 실낙원은 그가 실명한 상태에서 딸에서 구술한 책입니다. 한 자 한 자 구술하여 쓰인 책이 실낙원입니다. 호르헤 루이스 보르헤스도 유전적 요인으로 실명을 했습니다. 80만 권의 책을 관리하는 국립도서관장으로 임명이 되었지만, 실명이 되는 바람에 정작 자신의 눈으로는 한 권도 읽을 수 없었다고 합니다. 『멋진 신세계』의 저자 올더스 헉슬리도 실명에 가까울 정도로 눈이 나빴습니다. 무엇이 원인인지는 모르겠지만, 그런 역경 속에서도 글을 남겼음에 경외감과 존경심을 표할 따름입니다.

고통이 없는 사회의 불완전성

헉슬리가 그리는 멋진 신세계가 있습니다. 모든 게 완벽해 보입니다. 그런데 그 완벽해 보이는 세상은 보는 이로 하여금 정말 완벽한 세상인지 끊임없이 회의하게 만듭니다. 어떤 세상이 진짜 멋진 신세계인지 끊임없이 생각게 합니다.

우선 헉슬리의 완벽한, 완벽해 보이는 멋진 신세계를 통해 역설적이게도 '실패가 허용되는 사회'를 꿈꾸게 됩니다. '포드' 연호를 사용하는 이 세계는 '공유, 균등, 안정'이라는 구호가 중심 가치입니다. 아이들은 외모나 성격, 지능 등 모든 것이 사전에 결정되어서 태어납니다. 아니 만들어집니다. 각자의 계급도 사전에 결정되어 거기에 맞는 특성이 주입됩니다. 아이 양육은 국가가 하며, 컨베이어 벨트처럼 모든 일이 착착 진행됩니다. 직업도 정해지기에 그 일만 하면 됩니다. 각자에게 맞는 직업을 잘 수행하도록 예방

접종도 미리 해서 건강을 유지하게 해줍니다. 열대 지방에서 일하게 될 태아에게는 일찌감치 수면병과 발진 티푸스에 대한 면역력을 키워 주는 식입니다. 물질은 필요에 따라 충분히 공급받고, 저마다 편리한 생활을 합니다. 하지만 이 멋진 신세계에 없는 게 있습니다. 바로 실패입니다. 실패할 권리입니다. 실수를 용납하지 않습니다. 실패할 일이 없으니 좌절을 경험할 일도 없습니다. 시키는 대로, 짜인 대로, 주어진 대로 하면 되니까요. 헉슬리는 실패가 없는 이 세상을 회의하게 합니다.

실패 없이 자라는 아이들

요즘의 세태를 생각해 봅니다. 요즘의 아이들과 부모들에 대해 생각해 봅니다. 아이들은 부족한 게 없습니다. 부모는 자신의 자녀들이 혹시 실수하거나 실패할까 봐 미리미리 계획하고, 준비를 시켜놓습니다. 부모들이 살아온 세상과 자녀들이 살아갈 세상이 다름에도 불구하고 자신이 경험하고 깨달은 것만이 최선이기에, 이것을 겪지 않게 하겠다는 마음은 가상하나, 실은 아이들의 성장할 기회를 빼앗아 버리는 것과 다름없습니다. 아이들에게 부족한 것은 바로 실패의 경험이고 좌절의 경험입니다. 사람은 실패를 통해 앞으로 나아갑니다. 실패와 좌절을 통해 사람이 성장하는 사회가 진짜 세상입니다. 실패와 좌절이 없는 헉슬리의 멋진 세계는 오히려 디스토피아에 가깝습니다. 실패에 어떻게 대응하고 반응하느냐의 차이에 따라 이후의 삶은 달라질 수 있습니다. 실패 없이 성공만 하는 삶은 없습니다. 어떤 실패건 거기에 꼬꾸라지는 게 문제입니다. 작은 실패의 경험을 통해 실패에 대처하는 근육이 강화가 되고, 더 큰 실패를 이겨내는 힘을 기를 수 있습니다. 태어나서 처음으로 뒤집기를 할 때도 한 번에 성공하는 게 아닙니다. 한 번에 되는 것은 하나도 없습니다. 뭐든지 여러 번 실패하고 다시 도전하는 과정을 통해 완성에 이르게 됩니다. 한 번 펌프질했는데 물이 나온다면 누가 꾸준하게 열심히 펌프질하는 것의 의미를 알 수 있을까요. 한번 해서 실패하면 두 번째 시도하고, 두 번 시도해서 실패하면 세 번째 시도하고. 꾸준함의 가치도 사실 실패를 통해 배우게 됩니다. 꾸준함의 가치로 좌절을 극복해낼 수 있습니다. 아이들은 작은 실패를 경험해보지 않았기에 이후의 크고 작은 실패는 이겨낼 수가 없습니다. 작은 실패를 경험하게 하고, 큰 실패에 대한 힘을 기를 수 있으면 좋겠습니다. 실패가 없으니 도전도 없고 꾸준함도 없고 성장도 없습니다. 사람은 작은 실패와 작은 고난을 이겨내면서 자신의 내면을 확장하고 지평을 넓혀가는 존재라고 생각합니다. 인간은 죽을 때까지 성장하는 존재여야 합니다. 실패가 없는 신세계에서 사는 아이들은 대체 어떤 성장을 할 수 있을까요? 헉슬리의 신세계를 통해 실패를 딛고 일어서는 사람들이 만들어가는 멋진 세상을 꿈꿔봅니다.

고통의 권리를 달라

헉슬리의 신세계에는 고뇌하고 고통을 느낄 기회가 없습니다. 오히려 고뇌하고 고통을 느낄 수 있는 권리를 달라는 존이 있습니다. 이 멋진 세계에는 고민이나 불안한 감정을 잊는 소마라는 약이 있습니다. 소마 세 알만 먹으면 완전한 행복의 경지에 빠집니다. 우울증을 해소하고 좌절 상태로부터 원기를 얻게 합니다. 어머니의 죽음 앞에서도 슬픈 감정이나 고통스러운 감정조차 느끼지 못합니다. 그런 감정을 잊으려고 소마를 배급받기 위해 병원 현관에서 웅성거릴 뿐입니다. 소마를 과잉 복용하면서 환각 상태에 빠질 뿐입니다. 다행히도 이 세계에는 소마를 거부하고 고통과 고뇌를 느낄 권리, 불행해질 권리를 주장하는 존이 있습니다. 존은 추해질 권리, 병에 걸릴 권리, 불안에 떨 권리, 고민할 권리를 원합니다. 인간은 육체적 고통, 정신적 고통을 통해 그 고통을 해소하고 해결하기 위해 애써 왔습니다. 사랑하는 이의 죽음 앞에서 깊은 고통을 느끼며 죽음의 의미를 찾기도 하고 죽음 이후의 세계도 탐색했습니다. 광대하고 거대한 자연 앞에서 무력한 인간의 한계에 고통스러워하며 인간들의 연대와 네트워크를 형성했고 자연을 이해하는 다양한 방법을 찾아내려고 애썼습니다. 다 고통이 주는 의미입니다. 그래서 고통을 느낄 권리가 있는 사회가 진정 인간이 인간답게 살 수 있는 유토피아가 아닌지 반문하게 됩니다.

사람은 고통과 고뇌, 실패 앞에서 자신의 존재의미를 절실하게 찾게 됩니다. 그런 사람들과 더불어 사는 멋진 신세계를 꿈꿔봅니다. 고양이가 캣타워에서 냉장고로 훌쩍 건너가는 노력을 계속하는 이유이기도 합니다. 잘못하면 거실 바닥으로 떨어지는 것을 감수하면서요.

7

비바람을 멈추게 할 순 없어도, 배를 포기할 수 없다 – 『유토피아』

최고의 행복은 선의 쾌락에서 나온다.

더운 여름 시원한 에어컨이 있는 파p루스, 이곳은 유토피아나 다름없다. 유토피아란 말은 토마스 모어의 동명 소설에서 비롯된 말이다. '존재하지 않는 장소'란 뜻이다. 존재하진 않지만 존재했으면 하는 마음이 읽힌다. 마침 『유토피아』를 읽고 있는데 동생 레옹이가 500년도 더 전에 쓰인 책에서 우리가 꿈꾸는 이상향을 볼 수 있냐고 묻는다. 이 책이 무슨 예언서도 아니고 왜 읽냐고 묻는다.

바위에 계란 세우기

질문하나 하겠습니다. "바위에 계란을 세울 수 있나요?" 많은 사람은 세울 수 없다고 합니다. 여기 세울 수 있다고 하며 계란을 바위에 '탁' 치고 세웁니다. 계란은 당연히 깨집니다. 계란은 깨졌지만, 바위에 세운 것은 맞습니다. 깨지더라도 여기 바위에 계란을 세우겠다는 마음이 느껴지는 글이 있습니다. 토머스 모어의 유토피아입니다. 그의 책은 정말 예사롭지 않습니다. 이 책은 라파엘이 유토피아라는 이상적인 나라를 다녀와서 그 나라에 대해 토머스 모어에게 이야기하는 형식입니다. 지금 봐도 파격적인 제안으로 보이는 부분이 많이 있는데 500년 전 사람들에게 토머스 모어의 의견은 무척 논쟁적이었을 것입니다.

절도범을 사형하는 나라

이 책의 전반부에서는 당시 16세기 영국 사회 형벌 제도를 통해 당시의 사회를 비판합니다. 영국은 가혹한 형벌로 악명이 높았는데 그중 하나가 소소한 절도범마저 사형을 시키는 것이었습니다. 토머스 모어는 남의 것을 훔칠 수밖에 없는 상황으로 내몰려 남의 것을 훔치는 사람들을 교수형에 처하는 것은 정의롭지도, 공공의 이익에 부합하지도 않으며 범죄를 억제하는 효과도 없다고 생각합니다. 끝없이 소작료를 올리는 지주들과 인클로저 운동으로 농업은 황폐해졌습니다. 땅을 잃은 농민들은 거지가 되거나 유랑민 또는 도적이 될 수밖에 없습니다. 그들이 할 수 있는 건 이제 도둑질밖에 없습니다. 아이들의 양육환경이 열악해졌고 그 환경에서 자란 아이들이 또한 도둑질로 내몰립니다. 이 책은 그들을 사형시키는 것보다 도둑질을 안 하는 환경과 제도를 만드는 것에 더 주목합니다. 이에 유토피아가 후반부에 등장합니다.

6시간만 일하라

유토피아 사회는 농사와 경작을 중요시합니다. 농사일을 모든 시민에게 배분하여 누구나 농사일에 종사합니다. 남녀노소 가리지 않고 농사일을 합니다. 사치와 향락이 아니라 생활의 필요를 위한 학문과 직업을 갖습니다. 게으른 자는 추방됩니다. 일하는 시간은 하루 24시간 중 오전, 오후 각 세 시간씩 총 6시간이면 족합니다. '누구나 농사일을 해야 한다.'라거나, '6시간만 일하라.'라고 하는 주장은 평생 농사일을, 숙명처럼, 평생 부림을 당해야만 하는 사람들에게는 희소식이었을 테고, 일을 안 하고 부리기만 하던 신분에게는 당혹스러운 이야기였을 것입니다. 요즘 말로 하면 일거양득 노림수라 할 수 있지 않나 싶습니다. 당시 일하지 않고 착취만 하던 귀족들을 향한 일침입니다. 대대로 물려받은 귀족이라는 지위에 군림하지 말고 6시간만이라도 일을 해야 한다고 주장하는 것으로 보입니다. 육체노동은 노예나 하층민만의 숙명이라고 여겼던 귀족들은 당연히 반발합니다. 6시간 노동은 인클로저 운동으로 농지를 빼앗기고 일터가 없어져 룸펜처럼 방에서 뒹굴거나 굶어 죽지 않기 위해 음식을 훔쳐야 하는 많은 소작인에게 일할 수 있는 땅과 권리를 주라고도 읽히기도 합니다. 농부라는 직업을 보호하고, 농부들의 일터를 뺏으면 안 된다는 분노로 보이기도 합니다. 6시간 노동은 오늘날 제가 봐도 파격적인 제안입니다. 하루 8시간 노동을 넘어 일주일에 66시간 가까이 일하는 사람에게는 휴식할 권리를 줘야 한다는 근거가 되기도 합니다. 6시간 노동이라는 이 문구

하나가 주 4일 노동도 가능할까 하는 불가능한 희망도 품어보고 사람답게 산다는 것의 의미와 인권에 이르기까지 많은 논쟁의 시작점으로 삼아 봅니다.

금 보기를 돌같이 하다

금이나 보석을 바라보는 시선도 신선하고 놀랍습니다. 유토피아에서는 사치품으로 여기는 금과 은은 노예나 중범죄를 옭아매는 상징 또는 집에서 쓰는 하찮은 그릇이나 만드는 시시한 용도 정도로 인식됩니다. 온갖 방법으로 금과 은은 보잘것없는 것으로 여기게 합니다. 금과 은을 내주는 것은 저기 굴러다니는 동전 하나 내주는 것과 다름없습니다. 몸에 보석하나 걸치지 않아도 자신감이 넘치고 당당합니다. 유토피아를 방문한 외교 사절단의 몸에 주렁주렁 매달린 많은 보석을 모며 어릿광대라고 비웃습니다. 더 나아가 사유재산을 소유하고픈 마음을 인간의 욕망 중 가장 나쁜 욕망이라고도 합니다. 토마스 모어는 대중의 취향이 다양해서 웃음거리가 되거나 경멸받는 곤욕을 치를까 걱정하며 출간을 망설이지 않을 수 없었을 것입니다. 라파

엘에게 전해 듣는 형식을 사용한 글에서 당시의 날카로운 비판과 비난의 칼끝을 피하고자 하는 그의 고민의 흔적이 보입니다.

이상사회의 시작

보석과 진주보다 더 중요한 것은 행복입니다. 유토피아 사람들의 관심사는 '인간의 행복'입니다. 행복이 어디에 있는지, 어떻게 하면 행복을 얻을 수 있는지 끊임없이 논의합니다. 행복은 쾌락으로 이루어져 있다고 합니다. 그 쾌락은 선한 쾌락이고 정신적인 쾌락입니다. 즉 최고의 행복은 정신적이고 선한 쾌락을 통해 도달하는 행복입니다. 물질적 풍요에서 오는 행복이 아니라 선하고 도덕적이며 남을 돕는 데서 오는 쾌락입니다. 토머스 모어는 우리에게 묻습니다. "금이 뭐라고? 금이 정말 그렇게 소중해?"라고 말입니다. 금이 소중한 건 맞는데 "정말 그렇게 중요해?"라는 질문에는 자신 있게 답변을 할 수는 없어집니다. 우리가 당연시하고 있는 생각들을 되돌아보게 합니다. 레옹에게 이야기합니다. 이 책을 읽는 이유는 이 책이 이상사회의 완결이 아니라 이상사회를 향한 시작이라고 생각하기 때문이라 말입니다. 이 책에는 여전히 오늘날 우리에게 적용 가능한 메시지가 있습니다. 계속해서 현재보다 더 나은 미래를 꿈꾸라고 이야기하고 있습니다. 500년 전 영국 사회에서 이 책을 통해 유토피아를 꿈꿨듯이, 우리도 우리의 꿈을 꿔야 하겠습니다. 비바람을 멈추게 할 수 없다고 해서 배를 포기할 순 없으니까요.

8

괴물은 우리 안에 있다 – 『프랑켄슈타인』

흙으로 만들어진 나에게 쉴 땅은 없다.

파p루스에서 많은 고양이가 책을 읽고 있었다. 이때 키 큰 남자가 갑자기 들어와서 기다란 낚싯대를 마구 휘저으며 여기서 나가라고 소리를 친다. 우리를 여기서 몰아내려는 심산이다. 괴물같이 생겼다. 그 남자를 피해 『프랑켄슈타인』을 읽었다.

어머니가 돌아가시다

개인적으로 가장 마음에 오래 남았던 작품입니다. 저자

인 메리 셸리의 삶에는 불행한 일이 많이 있습니다. 어릴 적 아버지의 재혼이야 그렇다 쳐도, 자신을 낳으면서 어머니가 돌아가셨다는 사실 하나만으로도 자신의 존재에 긍정적 질문보다 비관적 질문을 하는 게 더 당연해 보입니다. 계모의 학대에 정식교육을 받지 못하고 아버지의 서재에서 독학을 합니다. 그 이후에도 재혼한 사람이 유부남이라는 것, 그와의 사이에서 태어난 아이가 사산되었다는 등의 불운을 겪습니다. 이 모든 일을 한 사람이 겪기엔 많이 힘들었을 것입니다. 이 작품은 여성인 메리 셸리가 18세에 쓴 작품입니다. 저자가 여자인 걸 모르고 읽는다면 당연히 남자가 썼을 거라 생각될 정도로 진행이 거침이 없고, 선홍색 피가 뚝뚝 떨어지는 표현이 많습니다. 마치 자신의 어두운 내면인 듯 어둡고 쓸쓸한 그림자가 이 작품의 바탕에 깔려 있습니다.

질문 있습니다

책의 제사에는 실낙원의 질문을 인용하고 있습니다. "신을 향해 진흙으로 빚어달라 청했습니까? 나를 어둠에서 끌어내 달라 애원했습니까?"라고 말입니다. 자신의 존재 근원을 알고자 하는 질문입니다. 자신의 존재의미를 묻는 질문입니다. 존재의 무의미함을 담은 질문입니다. 존재함이 아닌 존재하지 않음으로 돌아가고픈 질문입니다. 편하고 행복할 때는 이런 질문을 하지 않습니다. 힘들고 고달프고 괴로울 때 이런 질문을 합니다. 신에 대한 감사의 질문이 아닙니다. 신에게 심장이 뜯기고 피가 솟구치는 심정으로 처절한 질문을 하고 있습니다. 이런 질문을 하는 나는 누구일까요? 빅터 프랑켄슈타인일까요? 아니면 프랑켄슈타인이 만든 괴물일까요?

이름이 없는 괴물의 이름은 괴물

이 책은 북극 탐험을 하던 모험가 로버트 월턴이 여동생에게 쓴 편지 모음으로 여행 중 한 남자, 빅터 프랑켄슈타인을 구하고 그로부터 전해 듣고, 본 괴물에 관한 이야기입니다. 주인공 빅터 프랑켄슈타인은 괴물이 아니라 괴물을 만든 창조주의 이름입니다. 괴물에겐 이름이 없습니다. 빅터 프랑켄슈타인은 사회에 공헌하기 위해 공부를 시작했고, 완벽한 생명을 창조하기 위해 노력한 연구와 실험을 거쳐 새로운 생명체를 만들었지만, 그 생명체는 자신의 기대와는 거리가 먼 괴물이란 걸 깨닫게 됩니다. 정교한 비육과 아름다움 대신 혈관이 보이는 노란 살갗이 자리했고, 윤기가 흐르는 머릿결 대신 미역 같은 흑발이 자리하고 있었습니다. 빨갛고 싱싱한 입술 대신 무겁게 닫힌 검푸른 입술이 자리했습니다. 아름다움 대신 기괴함이 눈에 띄었습니다. 싱싱한 생명 대신 끔찍함이 대신했습니다. 가까이 가서 만지고 싶은 마음 대신 눈길마저 피하고 싶은 마음이 자리했습니다.

프랑켄슈타인은 자신이 창조한 생명체를 버리고, 실험실을 뛰쳐나옵니다. 죽은 육신의 시체보다 더 흉측한 외모에 창조주인 프랑켄슈타인조차 그 괴물을 가까이할 수가 없었습니다. 괴물은 자신을 창조한 주인이 자신을 버린 후 여기저기 세상을 떠돌게 됩니다. 괴기스럽다는 이유로 창조주로부터 버려진 존재가 된 괴물은 이 세상 어디에도 자신을 위한 자리는 한 평도 없고, 자신을 위한 인간의 따스한 마음은 한 조각도 없다는 걸 깨닫고 프랑켄슈타인을 향해, 세상을 향해 복수를 시작합니다. 프랑켄슈타인이 사랑하는 모든 것을 빼앗으리라는 마음으로 동생 윌리엄 살해를 시작으로 그의 친구 앙리. 그와 결혼을 약속한 엘리자베스를 죽이는 일을 벌입니다.

괴물에 공감하다

괴물이 진정 원하는 것은 사실 이런 살인이 아니었습니다. 비록 외모는 추악하고 괴기스러웠지만, 자연의 아름다움을 감상할 수 있었고 사람들 사이에 있는 따스한 감정을 느낄 수 있었습니다. 사람들과 어울려 살며 서로 아끼고 사랑하고 소통하며 살기를 원했습니다. 책을 읽고 언어를 배웠습니다. 이 세상을 같이 누리고 싶었습니다. 허나 사람들은 괴물의 몸뚱어리만 보고 그를 때리고, 피하고, 뒷걸음질을 쳤습니다. 자신과 같이 공감할 동반자가 될 여자 괴물을 만들어 달라는 요구도 해보지만, 프랑켄슈타인은 끝내 여자 괴물을 완성하지 않습니다. 사랑하는 사람을 잃은 후 이제 프랑켄슈타인은 괴물에 대한 두려움과 증오를 가지고 괴물을 쫓아 나서게 됩니다. 더 이상의 불행을 허용하지 않겠다는 결심이었습니다. 하지만 괴물은 잡힐 듯, 잡힐 듯하며 잡히지 않습니다. 마치 '나 잡아봐라.'라고 프랑켄슈타인을 가지고 노는 것 같습니다. 프랑켄슈타인은 표류하게 되고 월턴을 만나게 됩니다. 월턴의 눈앞에서 프랑켄슈타인은 자신이 만든 괴물의 손에 죽음을 맞습니다.

왠지 모르겠지만 빅터 프랑켄슈타인보다 괴물의 입장에 더 공감이 갑니다. 괴물은 황량한 하늘만이 자신을 반긴다고 합니다. 어둠만이 자신의 친구라고 합니다. 세상이 아니 한 사람이라도 자신에게도 선과 호의를 보여달라고 애원합니다. 창조주 프랑켄슈타인마저 괴물에게 어떤 연민도 보이지 않습니다. 이름도 없이 괴물이라 불리며 창조주가 멋대로 불어 넣어서 아직 자신에게 붙어 있는 숨에 절망할 뿐입니다. 마음에 지옥을 품고 있습니다. 주변에 있는 모든 것이 황폐해집니다. 불행을 피해 멀리 가고 싶어 합니다. 흙은 이 존재의 근원이나 어디에도 이 몸 하나 쉴 땅이 없습니다. 때때로 하늘에서 빛이 내려오면 기분이 좋아지고, 나무들 사이의 빛에 경탄합니다. 하지만 그 기쁨은 영원히 자신의 것이 아닙니다. 괴물이 할 수 있는 건 창조주를 향해 증오를 품는 것밖에 없습니다. 괴물은 비극의 운명에서 벗어나지 못합니다. 괴물의 심장엔 자책의 독이 퍼져있고 슬픔으로 몸은 피폐해졌습니다. 충동적인 본능이 노예가 되어버린 자신에 또 좌절합니다. 한때 숭고하고 탁월한 아름다움과 선을 추구했습니다. 하지만 다 지나간 일입니다. 괴물은 악의와 배신과 광기에 사로잡힌 채 프랑켄슈타인의 모든 걸 파멸로 몰아넣습니다. 자신을 위한 장작을 모아 육신을 모두 태우는 죽음을 택하겠다고 하며 어둠 속으로 사라집니다.

내 안에서 자라는 괴물들

이 작품을 읽으며 메리 셸리의 개인사가 많이 오버랩되었습니다. 주인공 프랑켄슈타인은 자신의 어머니의 죽음을 어떤 보상이 될 수 없는 끔찍한 불행이라고 말합니다. 어머니가 떠나버린 사실을 받아들이는 데는 참 오랜 시간이 필요했다고 말하는 장면이 있습니다. 죽음의 순간과 죽음을 받아들임 사이의 짙은 애도의 마음이 느껴졌습니다. 그 애도의 시간을 채웠을 눈물과 슬픔이 느껴졌습니다. 프랑켄슈타인의 슬픔은 마치 메리 샐리가 태어나면서 겪은 자신의 어머니의 죽음과 이후의 경험한 죽음으로 인한 슬픔 그 자체로 보였습니다. 이 슬픔이 메리 셸리 내부에 동굴을 만들고 거기에서 괴물을 키운 게 아닐까 하는 생각을 해봅니다. 우울의 괴물일 수도 있고, 좌절된 꿈의 괴물일 수도 있고, 그리움의 괴물일 수도 있습니다. 메리의 내면에서 괴물이 점점 커졌습니다. 우울의 괴물, 좌절의 괴물, 절망의 괴물이 메리 셸리를 덮칩니다. 빅터 프랑켄슈타인을 덮친 괴물은 다른 생명체가 아니라 매리 셸리가, 프랑켄슈타인이 자신의 안에서 만든 괴물일 뿐입니다. 괴물에겐 이름이 없습니다. 마치 우리 안에는 수많은 자아가 있지만 각 각에 이름을 붙이지 않는 것처럼 말입니다. 내 안의 수많은 나는 그저 나로 불릴 뿐입니다. 이기적인 나, 탐욕스러운 나, 욕심 많은 나, 착한 나, 선한 나, 슬픈 나 등 다 나로 불릴 뿐 특별한 이름을 갖지 못합니다. 이름도 없이 단지 괴물이라 불리는 존재는 프랑켄슈타인과 분리된 한 생명체가 아니라, 프랑켄슈타인이 만들어낸 그 안의 또 다른 자아입니다. 프랑켄슈타인 안에서, 그의 어둠의 그늘에서 살아가는 또 다른 자신이기에 이름이 없습니다. 괴물은 프랑켄슈타인 안에 있는 또 다른 자신입니다. 그런 괴물들은 하나 같이 자신을 부정하고 자신을 괴롭히고 자신을 포기하게 만듭니다. 급기야 자신을 죽음으로 몰기도 합니다.

괴물과 싸우기

최근에 들은 한 지인의 이야기입니다. 그는 어릴 적부터 부유했습니다. 그래서 마음도 항상 여유가 있고, 말투도 부드럽고, 표정은 항상 온화한 사람이었습니다. 50세가 넘어가면서 사업이 기울어졌습니다. 그러다 모든 것을 다 잃었습니다. 그 사람은 달라졌습니다. 부드러움 대신 숨어 있던 우울함과 패배감이 그 사람을 지배했습니다. 결국, 삶을 놓아버렸습니다. 아니 삶에 졌습니다. 그 사람의 내부에 있는 부정과 우울의 씨앗이 그 사람을 장악해버린 것입니다. 자기 안의 괴물에게 잡아먹힌 것입니다. 프랑켄슈타인과 괴물은 하나입니다. 괴물은 프랑켄슈타인의 내부에 있는 그 자신이기에 그 둘은 분리할 수가 없습니다. 그 하나가 신을 향해 질문한 것입니다. 프랑켄슈타인과 그 괴물은 서로 잡고 잡아먹히는 싸움을 했습니다. 결국은 괴물이 이겼습니다. 제가 아는 그 지인처럼요. 괴물은 우리 안에 있습니다. 지지 않았으면 좋겠습니다. 내 안에서 쫓고 쫓기는 달음박질에서 끝내 내가 이겼으면 좋겠습니다. 마치 한밤중에 거실에서 우당탕할 때 어제의 나에게 지고 싶지 않은 그런 마음입니다.

9

인간은 끝없이 성장하는 나무다 – 『자유론』

시간을 살지 말고 인생을 살아야겠습니다.

파p루스에서는 고양이들이 자유롭게 책을 읽기도 하고, 낮잠을 자기도 하고 산책을 한다. 자유는 고양이를 가장 고양이답게 한다. 어느 누구의 구속 없이 자유롭게 쉴 때 고양이는 고양이답다. 어느 누구의 눈치도 받지 않고 자유롭게 식빵을 구울 때 고양이는 가장 고양이답다. 사람이 사람답게 살려면 무엇이 필요할까요? 자유다. 그래서 『자유론』을 읽었다. 손쉽게 읽게 되는 대중서는 아닌 것 같은데 출판하는 곳이 많은 이유가 다 있다.

생명이 살아가는 조건

이 노므 집구석에는 반려 식물이 몇 그루 있습니다. 몇 개는 제가 먹어 치우기도 했지만요. 식물을 보면 맨날 그 모양, 그 크기인 것 같지만 1년 전, 한 달 전 아니 일주일 전을 생각해보면 조금씩 자라는 것을 알 수 있습니다. 조그만 모종이 자라면 큰 크기의 화분에 옮겨심기도 합니다. 화분을 햇볕이 잘 드는 베란다로 옮기기도 하고, 어떤 화분은 물에 푹 담그기도 하고, 또 어떤 화분은 적당한 주기에 맞춰 물을 주기도 합니다. 그러던 어느 날 여인초라는 커다란 화분이 집에 들어왔습니다. 이 여인초는 매일 물을 줘서는 안 됩니다. 물을 일주일에 한 번 정도 마르지 않을 정도로 줘야 합니다. 게으른 아우라에겐 다행인지도 모르지만, 자주 주지 않기에 더 신경 써야 하는 면도 사실 있습니다. 모든 생명체는 그 생명체가 잘살아갈 수 있는 조건이 필요한 것 같습니다. 존 스튜어트 밀은 『자유론』에서 사람에게 절대적으로 필요한 것은 자유라고 말합니다.

부부가 같은 곳을 보다

밀은 당시의 대표 지성인이자 공리주의 개혁의 거두였던 제임스 밀의 9남매의 장남으로 태어났습니다. 어릴 적부터 아버지로부터 영재교육을 받은 덕인지는 모르겠지만 8살 때 그리스어로 된 『헤로도토스』를 읽었다고 하니 넘사벽 중의 넘사벽입니다. 아버지 덕에 밀의 주위에는 벤담, 리카도, 토크빌, 칼라일 등 훌륭한 학자들로부터 배울 기회가 많았습니다. 밀에게는 운명의 여인이며 정신적 자산을 함께 한 해리엇 테일러가 있습니다. 정신적 동지로서의 아내는 밀의 저작에도 많은 도움을 주었습니다. 자유론도 함께 썼다고 할 정도로 아내의 역할이 컸습니다. 밀 또한 여성이 참정권을 얻게 되는 과정이나 사회적 지위를 높이는 데 함께 노력을 기울였습니다. 부부가 같은 곳을 향해 같이 걸었습니다.

우리의 자신은 우리의 주권자이다

『자유론』에서 말하는 자유는 자유의지라고 할 때의 자유가 아닌 현실에서의 인간의 불완전성을 전제한 시민적 자유입니다. 즉 신학적이고 철학적인 자유가 아니라 토론의 자유, 사상의 자유 같은 시민의 자유를 말하는 것입니다. 이 자유를 누리기 위해서 개개인에 대한 정부의 권력을 제한해야 합니다. 정부의 권력이 강할수록 개개인의 자유는 침해받을 수 있기 때문입니다. 개인의 삶에 사회가 부당한 간섭을 하는 것과 다수파의 폭력을 경계했습니다. 어느 사회나 집단이건 다수에 속하지 않는 소수의 자유 또한 실현되어야 하기 때문입니다. 밀은 '집단의 생각이나 의사'가 일정한 한계를 넘어 개인의 독립성에 함부로 관여하거나 간섭해서는 안 된다는 사실을 힘주어 강조합니다. 그런 한계를 명확히 하여 부당한 침해가 일어나지 않도록 하는 것이 인간다운 삶을 유지하는 데 필수적이라고 말하고 있습니다. 이 자유는 다른 사람에게 해를 끼치지 않는 범위 내에서 절대적으로 보장된 개인의 자유입니다. 우리 자신은 자기 자신의 주권자입니다. 집단의 생각이나 의사가 부당하게 개인의 독립성을 간섭할 수 없습니다.

확증편향

자유에 대한 밀의 사상을 보면 인간을 완전무결한 존재로 보는 듯합니다. 아닙니다. 인간은 완전하기 때문에 자유를 가져야 한다고 말하는 것이 아닙니다. 오히려 인간은 불완전하고 오류의 가능성이 크기에 인간의 주장이나 생각도 오류와 한계가 있습니다. 다만 그것을 보완하려는 노력이 필요합니다. 토론을 주장합니다. 제대로 된 토론을 위해 생각에 자유가 필요합니다. 이쪽저쪽 살피는 다면성은 토론을 통해 형성될 수 있습니다. 절대 진리란 것은 없기에 가능한 한 정확한 진리를 찾기 위해서 자유롭게 생각하고 말할 수 있어야 하고 동시에 다른 사람의 생각이나 의견을 들어야 합니다.

지인의 회사에서는 회의 시간에 반대 의견이 안 나오면 회의를 안 한 것으로 간주한다고 합니다. 하다못해 "찬성합니다."라는 말이라도 해야 한다는 거였습니다. 아무리 좋은 의견이라도 완벽하진 않기에, 작은 오류라도 그 부분을 찾아보라는 뜻 같습니다. 확증 편향이라는 말이 있습니다. 자신이 한 번 옳다고 믿는 생각은 잘 바꾸려 하지 않습니다. 사람은 보고 싶은 것만 보고, 듣고 싶은 말만 듣는 경향이 있습니다. 그러니 자기 생각이 옳을 것이라는 생각에 갇히지 말고, 내 생각이 틀릴 수도 있다는 전제를 가지고 다른 사람의 의견에 귀를 기울이는 것이 필요합니다. 내가 보는 것만이 옳을 것이라는 생각 대신 내가 틀릴 수도 있음을 인정하고, 여기고 다른 사람의 의견을 수용하는 것이 좋습니다. 인간의 생각이나 판단은 오류투성이 일 경우가 많습니다. 소크라테스의 '너 자신을 알라.'라는 말이 생각납니다. 너의 무지를 알라는 말입니다. 너의 지식이 완벽하지 않음을 알라는 말입니다. 어떤 범인이 현자를 찾아갔습니다. 자기 삶의 운이 트려면 무엇을 해야 하는지 물었습니다. 대단한 비방을 기대했습니다. 현자가 말하기를 너 자신이 어떤 사람인지를 먼저 깨달으라고 했다는 이야기입니다. 지혜는 복잡하지도 대단하지도 않은 것 같습니다. 자신의 특성을 알고 한계를 아는 것은 모든 일의 시작입니다. 자신을 모른 채 다른 사람의 경험이나 생각을 따라 하는 것은 실패로 가는 지름길입니다. 나의 세계에 갇히지 말고 타인의 시각과 타인과의 대화와 토론을 통해서 우리의 생각을, 삶을, 세상을 확장해 나간다면 좋을 것 같습니다.

30만 평의 땅 가꾸기

한 꼬마가 방울토마토 모종을 집에 가져왔다고 합니다. 분갈이를 해주니 이 방울토마토가 쑥 자라더랍니다. 그래서 또 분갈이를 해주면서 베란다에 뒀답니다. 그랬더니 이 방울토마토가 천장까지 자라났다는 겁니다. 자라기 전까진 이 방울토마토의 한계를 알 수가 없었던 겁니다. 사람의 성장의 한계는 어디까지일까요? 죽을 때까지 푸르게 푸르게 살아야 합니다. 아래로는 땅에 뿌리를 단단하게 내리고, 위로는 하늘을 향해 끝없이 가지를 뻗어야 합니다. 자유가 소중한 이유는 결국 인간이 나무처럼 끝없이 성장하는 삶이어야 하기 때문입니다. 일생을 통해 중요한 일은 자신이 원하는 모습으로 자신을 완성해 나가는 것입니다. 돈을 버는 것만이 목적은 아닙니다. 아무 생각 없이, 남들 가는 대로 움직이는 기계가 아닌 정신이 살아 있는 존재가 되어 진정한 자아의 힘과 영혼의 힘을 키워야 합니다. 그래서 사방으로 뻗어가는 나무가 되어야 합니다.

타샤 튜더의 이야기를 알고 있습니다. 버몬트주 시골에 집을 짓고 30만 평이나 되는 대지에 아름다운 정원을 가꾸며 사는 타샤는 옛날 방식으로 손수 천을 짜서 옷을 만들고 염소젖으로 버터와 치즈를 만듭니다. 자기만의 방식으로 자신의 정원에 자신의 삶을 펼쳐놓았습니다. 우울하게 지내기엔 인생이 너무 짧다는 이 부지런한 할머니는 자신이 가꾼 땅과 집에서 마리오네트 인형을 만들고 인형극을 공연하고 직접 말린 티로 차를 마셨습니다. 묵묵히, 꾸준히 비가 오나 눈이 오나 하루도 빠짐없이 한 평, 한 평을 가꿨습니다. 맨발로 걸어 다니며 자연의 섭리를 거스르지 않았습니다. 자연 그 자체를 고요하게 바라봤습니다. 한 평의 땅조차 소홀히 여기지 않았습니다. 30만 평을 가꾼 그 시간이 타샤 튜더를 행복하게 만들었을 것입니다. 가꾸는 그 시간이, 그 과정이 곧 그녀의 삶이었을 것입니다. 단지 시간을 살지 말고 인생을 살아야 하겠습니다. 일생에 한 번은 자신이 좋아하는 일에, 가치 있다고 하는 일에 자신의 모든 것을 걸고 몰입할 수 있다면 잘 산 삶이라고 말할 수 있습니다. 인간은 자유로운 존재로서 목표를 지향하고 이상을 추구하는 존재입니다. 뿌리로는 아래로 단단하게 자리를 잡고, 위로는 하늘을 향해 계속 발전하고 성장하는 나무가 되면 좋을 것 같습니다.

10

인생 게임에서 이기는 매뉴얼이 있다 —『스토아적 삶의 권유』

인생은 게임이다. 이겨야 한다.

파p루스 건물 앞에는 커다란 운동장이 있다. 운동장에는 걷고 뛸 수 있는 트랙이 있고, 트랙 주변에는 벤치가 있다. 아우라와 기쁨이는 점심 식사 후에 산책하기도 하고, 벤치에서 방금 먹은 식사에 대한 평을 한다. 어쨌든 가성비가 갑이라는 것이다. 오늘은 근처 정자에서 식후 토크를 하고 있었다. 바로 옆에서 한복을 입으신 분이 눈을 감고 기체조를 하고 계셨다. 기체조에 대한 관심이 많은 아우라는 그분에게 어떻게 해서 기체조를 하시게 됐는지 여쭈어 본다. 그분은 사실 사업을 하던 분이었는데, 갑자기 망하게 되었다고 한다. 지금은 괴로움을 잊으려고 도서관에서 책을 읽으며 마음을 다스린다고 한다. 짬이 나면 가끔 그늘에서 기체조를 하면서 말이다. 하긴 요즘에 그런 사람이 한둘이 아니다. 그래서 『스토아적 삶의 권유』를 읽었다.

인생 게임의 상대는 자기 자신이다

이 책의 저자는 헬스 트레이너입니다. 훈련자의 몸보다 마음이 단단한 사람이 더 나은 성과를 가져오는 것을 보고 스토아 철학을 자신의 프로그램에 적용한 트레이너입니다. 몸을 만드는 운동도 몸만 쓰는 것 같지만 그 운동을 지속하는 힘은 마음의 힘이라는 이야기입니다. 트레이너로서 실제로 스토아학파의 가르침을 육체적인 훈련에 적용하여 실제 사람들의 많은 변화를 끌어냈다고 하니 읽어볼 만합니다.

스토아학파는 이성을 중시하여 참된 행복은 쾌락에서 나오는 것이 아니라 우리의 의무를 잘 준수하고 자칫 감정에 사로잡히기 쉬운 자신을 이겨내며 욕정을 단념하는 데서 행복이 온다는 금욕주의를 주장합니다. 아리스토텔레스의 말대로 인간의 본성은 이성이기 때문에 그 이성에 따라 사는 것이 덕이며, 그 덕에 따라 살 때 진정한 행복이 온다고 주장합니다. 대표적인 철학자로는 네로 황제의 스승이었던 세네카, 에픽테토스, 황제 마르쿠스 아우렐리우스 등이 있습니다. 스토아 철학은 이론서라기보다는 실용서나 자기계발서에 가깝습니다. 스토아 철학자 자들은 우리의 삶을 전투에 비유했습니다. 전투라고 하니 이겨야 하는 게임입니다. 삶이라는 게임에서 이기는 비법서라고 할 수 있습니다. 상대는 타인일 수도 있고, 자기 자신일 수도 있습니다. 삶의 한 가운데서 삶과의 게임에서 이기는 방법, 즉 매뉴얼이 있습니다.

매뉴얼 1. 통제의 이분법을 적용하십시오

인생이라는 게임에서 이기려면 에픽테토스는 통제에 대해 이분법을 적용하라고 합니다. 이 세상은 통제 가능한 것과 그렇지 않은 것 두 가지가 있습니다. 통제 가능한 것은 자신의 생각과 행동뿐입니다. 세상의 모든 재물과 권력보다 지키기 어려운 것이 자신의 마음입니다. 자신의 마음 하나 다스리지 못해 파멸로 가는 경우가 많습니다.

원하는 것을 바라지 말고, 일어난 것을 그냥 수용하고 누리면 좋겠습니다. 비가 내리는 아침에 비가 와서 옷 젖는다고 짜증 낼 일도 없습니다. 비가 오면 식물이 잘 자라서 좋고, 비가 안 오면 나가서 뛰어놀 수 있으니 또한 좋습니다. 통제 불가능한 것에서 행복을 찾으려다 보니 불행합니다. 갖고 있지 않을 것을 부러워하면서 상대적 박탈감에 괴로워하기보다는 자신이 가진 것에 행복을 느끼는 자가 진정 승자입니다.

인생을 있는 그대로 받아들이면 됩니다. 그저 운명을 받아들이는 것에 그치지 말고, 그걸 존중하고 감사하라는 뜻입니다. 우리는 우리에게 벌어진 일을 바꿀 수 없지만, 그걸 인식하는 방식은 바꿀 수 있습니다. 제논은 우리 자신과 운명과의 관계를 개와 수레에 비유했습니다. 개가 수레에 질질 끌려가듯이 우리 자신은 운명에 질질 끌려갈 수도 있습니다. 반면, 개가 수레를 끌고 앞으로 달려가듯이 운명에 적극적으로 대응하며 살 수도 있습니다. 중요한 건 어떤 방법이건 도달하는 지점은 같습니다. 운명에 대한 수용은 체념이나 포기가 아니라 다른 기회를 엿보는 짬, 여유를 가지는 것입니다. 고통과 좌절을 겪으면서 갈 것인지 즐기면서 갈 것인지 우리 손에 달려 있습니다.

매뉴얼 2. 상처에 매몰되지 마십시오

외상 후 성장(PTG, Post Traumatic Growth)이란 말이 있습니다. 외상 후 스트레스 장애(PTSD, Post Traumatic Stress Disorder)란 말만 있는 게 아닙니다. 실패할 수 있습니다. 실패를 통해 배움을 갖기는 사실 쉽지 않습니다. 하지만 배움이 있기에 성장합니다. 우리가 아는 많은 위인도 매번 성공만 한 게 아닙니다. 실패를 다시 겪지 않으려고 뼈를 깎는 노력을 했습니다. 나를 함부로 대하지 마십시오. 내가 하는 부정적인 말을 계속 듣는 사람이 바로 나 자신입니다. 상처로 가장 아파하는 사람이 바로 자기 자신입니다. 세상을 보는 시각이 긍정과 부정만 있는 것이 아닙니다. 중립적인 시각도 있습니다. 내가 통제할 수 없는 것은 중립 지대로 보내십시오. 아직 내 편은 아니지만, 시간이 흐르면 내 편이 될 수 있습니다. 다른 사람이 우리 몸을 함부로 하면 불쾌하고 짜증이 납니다. 다른 사람이 우리 마음을 함부로 하면 불쾌하고 짜증을 내십시오. 우리 마음을 그들에게 맡기지 마십시오. 외부의 사건이나 타인의 비판에 나의 마음이 조종당하게 하지 마십시오. 우리 몸과 마음의 주인은 자신이 되어야 합니다.

매뉴얼 3. 마르쿠스 아우렐리우스처럼 쓰십시오

사실 마르쿠스 아우렐리우스의 『명상록』은 일기입니다. 기승전결의 명확한 순서가 있지도 않고, 누구에게 교훈을 주려고도 하지 않았습니다. 그저 담담하게 자신의 실패에 대처하는 방법에 대해 자신에게 하는 글입니다. 실패를 반복하지 않으려는 자기 암시였고 자기 훈련이었습니다. 거기에서 우리는 가르침을 배우고, 가르침에서 영감을 받고 있습니다. 독서와 글쓰기는 자동으로, 부정적으로 형성된 나의 의식과 무의식을 바꾸는 작업입니다. 독서는 인풋이고 글쓰기는 아웃풋입니다. 독서는 다른 사람의 생각과 관점으로 나의 의식의 구조를 바꾸는 일입니다. 글쓰기는 자신의 생각을 드러내어 선언하는 것입니다. 인풋과 아웃풋을 같이 해야 합니다. 22 법칙을 제안한 사람이 있습니다. 2년 동안 매일 2시간씩 책을 읽고 글을 쓰고 순행자에서 역행자로의 삶으로 바뀌었습니다. 독서와 글쓰기가 삶을 변하게 했습니다.

꾸준한 독서와 글쓰기는 하루아침에 되지 않습니다. 자신의 의지력이 부족한 탓으로 돌립니다. 아닙니다. 의지력의 문제가 아닙니다. 환경 설정의 문제입니다. 행동하지 않을 수 없게끔 환경을 설정하시면 됩니다. 최근에 마라톤을 하고 있습니다. 저 혼자 뛰면 사실 재미도 없고 속도도 잘 나지 않습니다. 그래서 한강에 갑니다. 한강에는 마라토너들이 많습니다. 마라톤 크루도 많습니다. 일부러 그들 뒤에서 뜁니다. 일종의 러닝메이트를 만들곤 합니다. 그들 뒤를 따라 뛰다 보면 어느새 목표 지점에 와 있습니다. 나와 함께 뛸 사람을 만들어도 되고, 팀을 만들어도 됩니다. 각자에게 맞는 방법을 선택하시면 됩니다. 아무리 좋은 영양제도 한두 번 먹는다고 몸이 회복되지 않습니다. 꾸준히 하는 것이 중요합니다. 그러니 더불어 함께 꾸준히 쓰고, 꾸준히 읽으면 좋겠습니다.

고양이의 전략

지금의 행복에 머물자는 이야기가 아닙니다. 생각만 바꾸고 그저 현실에 눈감는 정신승리법이 아닙니다. 생각을 바꾼다고 해서 또는 책이나 글쓰기가 우리를 당장에 우리가 원하는 지점에 데려가지는 못합니다. 행복해지고 싶어 하고 경제적, 정신적 자유를 얻고 싶어 하지만 지금 바로 그것을 얻을 순 없습니다. 하지만 자신의 감정을 다루는 힘을 키우고, 앞선 자들의 생각을 내 것으로 정리하고, 책의 행간을 읽는 능력으로 자신에게 질문을 던지고 그 질문에 대한 답을 찾다 보면 어느새 어제의 나와 결별한 자신을 보게 됩니다. 그저 주어지는 삶을 사는 게 아니라 우리 스스로 선택하고 책임지는 삶을 사는 힘을 길러줍니다. 세상을 바라보고 비판하고 다시 바라보고 하는 과정에서 세상을 다양한 각도로 보게 합니다. 세상을 보는 다양한 정신적 격자를 가지게 합니다. 우리를 보호해주는 단단한 정신적, 경제적, 심리적, 사회적 울타리를 만들게 됩니다. 레옹과 저도 아우라와 관종이와의 두뇌 게임에서 이기기 위해 전략적 사고를 합니다. 상대방에 따라 다른 전략을 적용해야 합니다. 아루라에겐 발라당이 효과적이고, 관종이에겐 하악질을 해야 관심을 받습니다. 전략을 바꿔서 사용하면 아우라는 놀라고, 관종이는 재미없어 합니다. 우리 모두 인생에서 이기면 좋겠습니다.

마무리 글

자기검열과 혹(惑) 넘어서기

소통에 대한 낙관적 기대

글을 쓰면서 세상에 쓸데없는 말을 보태는 것이 아닐까 하는 자기 검열을 이겨내기가 힘들었습니다. 고양이를 조금은 다른 시각으로 바라보고 있는 사람이 나 혼자만은 아닐 거라는 낙관적인 기대에 배팅했습니다. 세상 어딘가에 나와 비슷한 생각을 하는 사람이 있을 것이고 이 글은 그 사람과 소통하는 글이 될 수 있을 거라는 생각을 하게 되었습니다. 그러니 적어도 그 한 사람에게는 재미도 줄 수 있고, 그 사람과는 서로 공감도 할 수 있을 거란 생각에 용기를 내고 글을 완성했습니다.

고양이를 보는 여러 개의 시선

빨간 안경을 끼고 세상을 보면 온통 세상이 빨갛게 보이고, 파란 안경을 끼고 세상을 보면 세상이 온통 파랗게 보입니다. 세상은 빨간색으로만 봐서도 안 되고, 파란색으로 봐서도 안 됩니다. 세상을 또 다른 색으로 볼 수 있다는 통찰로까지 나아가야 합니다. 내가 보는 것만이 전부가 아니라는 깨우침까지 나아가야 합니다. 내가 보는 세상이 전부가 아니라 다른 사람이 보는 세상도 알아야 세상을 제대로 본다고 할 수 있습니다. 세상을 바라보는 틀을 하나가 아니라 여러 개를 가질수록 세상을 좀 더 객관적이고 정확하게 볼 수 있습니다. 고양이를 보는 시선도 다양해지면 좋겠습니다. 영물에서 미물로, 미물에서 친구로, 친구에서 거인으로 보면서 이 세계가 인간과 더불어 모든 생명이 함께하는 세계가 되면 좋겠습니다.

나의 런닝 메이트, 나의 페이스 메이커

쓸 말이 없을 때도, 쓰고 싶지 않을 때도 노트북을 열었습니다. 노트북의 빈 화면을 보며 자판을 두드렸습니다. 앞 문장에 이을 뒤 문장을 찾고, 찾았습니다. 앞 문단에 이을 뒷 문장을 또 찾고, 찾았습니다. 서로의 짝을 찾듯 그렇게 문장과 문단을 찾아서 한 페이지가 완성되었습니다. 한 장이 다음 장을 찾아 한 권의 책이 완성되었습니다. 글을 쓴다는 건 그 짝을 잘 찾는 일임을 보게 됐습니다. 런닝 메이트와 함께 하는 힘으로 글을 쓰고, 글을 읽었습니다. 읽고 싶지 않고, 쓰고 싶지 않은 감정은 함께 하는 모임이 있기에 이겨낼 수 있었습니다. 아침마다 쓰는 매매글이, 주간 독서모임과 월간 과학독서 모임이 저를 멈추지 않게 했습니다. 힘들 땐 조금 쉬었습니다. 기운이 나면 다시 힘차게 페달을 밟기도 했습니다. 그들은 저의 페이스 메이커입니다. 감사의 말을 전합니다. 묵묵히 곁을 지켜준 가족들에게도 고마움을 전하고 싶습니다.

혹(惑)에서 불혹(不惑)으로

공자는 40세가 되어서는 미혹하지 않았고(四十而不惑) 50세에는 하늘의 명을 알았다(五十而知天命)고 했습니다. 저는 공자보다 못한 인간인 거 맞습니다. 감히 공자의 삶에 저를 빗대는 것부터가 말이 안 되는 거 압니다. 지천명의 나이가 넘어가는데도 세상일에 판단이 흐려지고 갈팡질팡합니다. 하늘의 명은 여전히 모르겠습니다. 그래서 독서를 결심했습니다. 책 속에 길이 있다 하니 나의 길을 찾아보자고 마음먹었습니다. 간헐적 독서에서 벗어나 7개월간을 꾸준히 읽었을 뿐입니다. 많은 이들의 글에서 다들 고뇌에 찬 삶을 살았음을 봅니다. 갈 길이 멀다는 걸 깨달았습니다. 계속 읽어야 하겠다는 결심을 하게 됩니다. 읽은 것을 좀 더 정리하기 위해 글을 쓰기 시작했습니다. 처음엔 블로그에 끄적거리기 시작했습니다. 135일을 꾸준하게 썼습니다. 그 사이에 브런치 작가가 되었고, 이제 글을 모아 출간하게 되었습니다. 읽고 쓰는 일이 변화를 일으켰습니다. 이런 일이 반복되다 보면 저도 불혹(不惑)으로 나아가는 날이 오지 않을까 하는 기대를 해봅니다.